金の狼は異世界に迷える皇子を抱く

夢乃咲実

幻冬舎ルチル文庫

CONTENTS ✦目次✦

✦カバーデザイン＝chiaki-k（コガモデザイン）
✦ブックデザイン＝まるか工房

イラスト・花小蒔朔衣✦

金の狼は異世界に迷える皇子を抱く

金色の目が、瞬《まばた》きもせずにこちらを見つめている。

暗闇の中で、その目の持ち主の姿はわからない。

だが由貴也《ゆきや》は、その目を見ただけで鼓動が速まり、体温が上がるのを感じる。

これは、夢……いつもの、夢。

そうわかってはいるのだが、由貴也の胸には甘くて切ないものが溢《あふ》れ、その金色の目に向かって両腕を差し伸べる。

誰かの手が、その手を握り、引き寄せる。

「あ……」

直接体温を感じる、素肌。

広い胸、力強い腕。

誰かに抱き締められている……その、胸苦しいほどの幸福感。

しかしそれは同時に、落ち着かない、どこか焦れるような甘さをも含んでいる。

と、大きな掌《てのひら》が由貴也の背中を撫《な》で下ろした。

「あ……」

全身にぞくぞくするような痺《しび》れが走る。

手は由貴也の全身を確かめるように撫で、触れられたところの体温がさらに上がっていく。

そして、脚の間に急速に熱が溜《た》まっていくのを感じる。

「んっ……っ」

鼻から抜けていく甘い吐息。

由貴也の手も相手を探る。

筋肉質の逞《たくま》しい身体《からだ》――ということだけしかわからないけれど、それでも由貴也はこの身体をよく知っているという気がする。

と、上体が少し離れ、金色の目が由貴也の視線を捕らえた。

暗闇の中でこれだけは確かな、黄金の光を放つ瞳。

同時に、脚の間で自己主張しているものに刺激が与えられ、由貴也は自分が昇りつめていくのを感じた。

ああ、いい、気持ちいい……！

身体から魂が分離して、どこまでも上っていくような感覚。

そして、金色の目が放つ光が強くなり、眩《まぶし》くなり、視界いっぱいに広がったように見えた瞬間――

「あ」

由貴也は目を覚ました。

瞬きをすると、天井が見える。

そして、全身がしっとりと汗ばみ、そして下着の中がべとつく感覚。

また、だ。

由貴也は慌てて身体を起こし、布団を捲《まく》った。

またやってしまった。

二十二歳にもなって、こんなふうに下着を汚すなんて。

寝室に付属している洗面所でこっそりと洗って、三日ごとくらいに回収される洗濯物の中に押し込んでおくしかないのが、情けない。

ふう、とため息をつきつつも、由貴也は自分の胸の中にかすかな罪悪感とともに、不思議な満足感があるのを認めた。

あの夢を見るようになって、どれくらいになるだろう。

少なくとも高校生のころには、数ヶ月おきに見ていたように思う。

不思議な、金色の目。

そして……現実には覚えたことのない、あの快感と幸福感。

由貴也は、性的な欲求は薄い方だと思っている。自分で処理したこともほとんどない。

だがあの夢が淫夢のようなものだということは、さすがにわかる。

金色の目の持ち主の身体がどうやら男だということを意識したのは、あの夢を見るようになってかなり経《た》ってからだ。

ということは、自分は同性を好きになるタイプなのだろうか？

よくわからない。

なにしろ由貴也には、相手の性別に関わらず、恋愛経験も性的な経験も、ないのだから。

内気で奥手で……それでも、いずれは人並みに何らかの経験を経て、周囲が定めた相手と結婚することになるのだろうと、漠然と思ってはいた。

だがそれも、今となってはあり得ないような気がしてきている。

——とにかく、起きて日常をはじめなくては。

この半年、由貴也が日常だと無理矢理思い込もうとしているものを。

そう考えた瞬間、身体の中に残っていた幸福感は消え失せ、由貴也はのろのろとベッドの外に出た。


初夏の庭は美しい。

四季折々に違う顔を見せてくれる庭だが、新緑の今、振り仰ぐ木々の緑はみずみずしく、足元の草は、春とはまた違う小さな花々を咲かせている。

そして、庭を横切る小川も、陽光にきらめき、水草が優しく揺れている。

「あ」

小川に沿って歩いていた由貴也は、足元に小さな緑色のものを見つけ、しゃがみこんだ。

「やあ、今日もいたね」

由貴也を見上げているのは、小さなアマガエルだ。

いや、たぶんアマガエルだろうと思うのだが、胴体に一本、白い縞《しま》が入っているのが、あまり見ない種類だという気もする。

生物にそう詳しいわけではないのだが、もしかしてとても珍しい種類だったり、まだ誰も知らない新種だったりしたら面白い、とも思う。

だがこのアマガエルのことを、誰かに言うつもりはない。

由貴也にとってこの庭の生き物は大切な友人とも言えるものだからだ。

ここは、古くからのいわゆる高級別荘地と言われる場所だ。

母の遺産でもあるこの別荘は、由貴也にとっては唯一の、自分の財産と言えるもの。

好景気のころに周辺地域まで拡大しそして今また縮小しつつある別荘地の中で、昔から資産家や政治家などの大きな別荘が、ゆったりと広い敷地を取って建てられている今でも人気のエリアで、隣の気配などは感じられない。

特にこの家は、庭が広く、美しいことで知られている。

近くにある池から流れ出す小川が庭を横切っており、そのため小さな水辺の生き物が集まってくる。

小川を中心に人工的すぎない自然の趣を生かした、一種のビオトープのようになっていて、

庭の中だけで小さな生態系が作られており、夏には蛍も飛ぶ。

植物は、日本の固有種とわかっているものを注意して配してある。

曾祖父の好みとかで、小さな祠《ほこら》や石の置物などが目立たないように配されているのもまた、趣のひとつだ。

由貴也は庭を丹念に整備し、外来種の植物がないか気をつけ、小川の水草や敷地を囲む木々からの落ち葉の量などにも気を配っている。

庭の隅……川が外に流れ出すあたりに、サッカーボールほどの大きさの、石の蛙《かえる》が置かれていて、そこでよく、このアマガエルを見かける。

もちろん同じ個体ではなく、あれからずいぶん代替わりしている子孫なのだろうが、由貴也にはなんとなく「あのアマガエル」だという気がしている。

特にこの半年は、ほぼ毎日のように見ている。

——半年。

つまり由貴也はもう、それだけこの別荘で暮らしていることになる。

「由貴也さん」

家のほうから声がして、由貴也ははっとして立ち上がった。

「はい」

返事をしながら振り向くと、庭に面したポーチに別荘番夫婦の妻のほうが立って、こちらを見ている。

「中に入っていただけませんかね。買い物に出かけますので」

「ああ……わかりました」

もうそんな時間か、と由貴也は家のほうに歩んだ。

数日おきの、午後の決まった時間に、夫婦は車で買い物に出かける。

その間、由貴也は二階の寝室にいなくてはならない。

夫婦は別荘の建物を管理し、食事など由貴也の身の回りの世話をしてくれているが……同時に、監視役でもある。

由貴也が屋内に入ると、別荘番の妻は、ポーチに通じるガラス戸を閉めた。

由貴也が階段を上がり寝室に入ると、外から鍵をかけられる。

やがて、窓の外から車が遠ざかるのが聞こえた。

一時間は戻ってこないだろう。

ふう、と由貴也は諦めを吐き出すようなため息をついた。

こんな生活がもう、半年続いている。

それでも最初のころ何度か、別荘番の目を盗んで逃げ出したことがあるのだが、誰かが知らせたらしくすぐに別荘番が車で探しに来て連れ戻されてしまった。

一人でいるときには、外から鍵のかかる寝室にいなくてはいけなくなったのは、そのあとだ。

どうやら周辺の別荘の人々には、由貴也が「精神的に問題を抱えている」ので一人で外出させると危険だと知らせてあるらしく、近所の人は好奇心半分、厚意半分で「気をつけて」くれているらしいとわかった。

なんとかここを抜け出せたとしても、最寄りのバス停までは三十分近く歩かなくてはならず、誰にも見つからずにそこまで行くのは難しい。

要するに……事実上の軟禁生活だ。

半年前まで、由貴也は東京で大学に通い、普通に暮らしていた。

父方の芳元《よしもと》家は大きな企業グループの経営者であり、母方の佐原《さはら》家は古い名門で、いずれは父方母方双方から莫大《ばくだい》な財産を受け継ぐ人間として生まれた由貴也は、自分の恵まれた境遇と、それに伴う大きな責任を自覚しつつ育った。

線が細く優しげな容姿や、押しの弱い、他人に対して強く出ることのできない性格が経営者に向いていないことは自覚しており、たゆまぬ努力と周囲のサポートが必要であることはわかっていたが、己に課された期待に応えようという気概は持っていたのだ。

そして……高校に入って間もなく、両親が事故で他界した。

さすがに十五歳の由貴也が会社を受け継ぐことなどできるはずはなく、一番近い親族である、父の妹の夫である叔父《おじ》が、一時的に会社を引き受けた。

――はず、だった。

だが叔父は中継ぎの社長で満足せず、強引なやり方で経営陣を自分の味方で固め、そればかりか本来由貴也のものである、両親が残した私有の財産までを取り込み、気がついたら由貴也はこの別荘以外何も持たない状態に、いわば丸裸にされていたのだ。

叔父がどういう手段を取ったのかはよくわからない。

叔父夫婦は一番近しい親族としての義務を果たすのだと装って、下心などみじんも見せなかったので、由貴也はまんまと騙《だま》されてしまった。

もともと由貴也はこの叔父夫婦に好かれていないことは知ってはいたが、それでもまさかこんな「乗っ取り」のようなことを企《たくら》んでいるとまでは想像もしなかったのだ。

叔父夫婦の息子である従兄《いとこ》の信司《しんじ》だけは、由貴也にあからさまな敵意を見せ、いじめに近い嫌がらせなどもしてきたが、由貴也はそれが、自分が恵まれた境遇にいるせいだと思い、それでも身内なのだから……と我慢してきた。

そして大学を卒業したら、いよいよ父の遺《のこ》した会社で、将来は経営者となるべく修業をはじめるのだと思っていたのに。

卒業を前にした冬のある日、「これからのことをゆっくり話し合いたい」と、この別荘に連れてこられ、そして言われたのだ。

会社に由貴也の場所はない。

由貴也は会社に対してなんの権利もなく……私有財産と言えるものもこの別荘しかない、と。

まさかそんな、と思ったが、話を聞くと叔父は巧みに手を打っているのだということを理解しないわけにはいかなかった。

どこかに訴えても、なすすべがない。

道義的な問題はともかくとして、法的にはどうしようもない。

それでは、この別荘に住んでなんとか自立していかなくてはいけないのだろうか、と思ったのだが……

叔父の言葉は想像を遙《はる》かに超えていた。

「生活の面倒は見てやるから、この別荘から出るな」

要するになんらかの理由で、叔父は由貴也をここで、飼い殺しにしたいのだと理解して、由貴也は呆然《ぼうぜん》とした。

そんなふうに生きていけるわけがない。

由貴也が、母方の親族や会社の関係者に連絡を取って叔父を訴えることなどを恐れているのかもしれないと思い、由貴也は言った。

「事業や家を取り返すことなど考えていません、一人で質素に生きていけというのならそうするから、軟禁みたいなことはしないでほしい」と。

しかし……

「お前のような気味の悪い人間が、どうやって一人で生きていけるんだ」

叔父のひとことが、由貴也の気持ちを挫《くじ》いた。

気味の悪い人間。

そう、由貴也には、そう言われても仕方のない奇妙な力があるのだ。

子どものころ、その力を叔父叔母に不気味がられたことをよく覚えている。

成長するにつれ、自分を抑えることを覚え、そんな力はなくしたふりをして普通に振る舞っていたつもりだったのに……叔父は、信じていなかったのだ。

ということは、隠しきれていなかった、ということなのだろう。

そして、叔父は帰り……由貴也はここに残された。

突然天地がひっくり返ったような状況はショックで、挫けた気持ちを立て直すのには、時間がかかった。

そして、自分はこのまま何十年もここに閉じ込められて暮らし、朽ち果てていくのかと思うと、絶望に押し潰されそうにもなった。

それでも、春が来て、冬の間眠っていた庭が目を覚まして美しい姿を見せだしたころから、由貴也の中には再び新しい決意が芽生えだしていた。

なんとかして、ここから逃げ出さなくては、と。

携帯は取り上げられ、ネット環境もなく、誰かと連絡を取り合うこともできない。

もともと腕力というものには無縁だから、力尽くで別荘番夫婦をなんとかすることなどは無理だろう。

同情を買って味方につけられればとも思ったのだが、叔父から相当な給料を支払われているらしく、それは無理そうだ。

だとしたら、とにかく油断させて隙を見つけること。

いつか、寝るときや外出のときに、鍵をかけ忘れるかもしれない。

昼間は近所の目があるが、夜ならば闇に紛れて遠くまで逃げられるかもしれない。

そして、なんとか自力で生きていく方法を見つける。

叔父から会社の権利や財産を取り戻すために、誰かの力を借りて裁判を起こすこともできるかもしれないが、由貴也はそれはもう考えていなかった。

物心ついたときから大企業の後継者となることを求められ、それに応えようとしていたが、心の奥底では「自分には向いていない」とわかっていた。

自分は、人の上に立つような器ではない。

線が細く体つきも華奢《きゃしゃ》で、幼いころから「女の子のよう」「お人形のよう」と評されてきた容姿。

どちらかというと庇護《ひご》欲《よく》をそそるタイプで、人を引っ張っていくようなカリスマ性などみじんもない。

そんな自分に自信が持てず、期待が重いと感じることもしばしばだった。

だが今、別荘を除き無一文となった由貴也には、誰も何も期待していないだろう。

叔父に「気味の悪い」と言われた力は、今さらどうしようもない。

それでも大学まで、なんとか周囲にそれを悟られることなく学生生活を送ってきた。

だったら、これまで通り、それを隠して生きていくことだってできるだろう。

いや、そうしなくては。

そう、密《ひそ》かに覚悟を決めつつも……自分が待っている「隙」というものははたして本当に訪れるのだろうか、それは一年後だろうか、もしかすると十年後だろうか、などと考えていると、また気持ちが挫けていくような気がするのもしばしばだった。


庭仕事をしているとき以外は、由貴也は大抵書庫にいる。

母方の佐原家は代々学者が多く、夏の数ヶ月を過ごすこの別荘にも、蔵書を充実させていた。

おかげで由貴也は、この半年手持ち無沙汰にならずにすんでいる、とも言える。

曾祖父は万葉集を専門とする高名な学者であり、大叔父は奈良で発掘などにも関わった考古学者、祖父は日本書紀や古事記を研究していた。

そういう家で育った母も学者でこそないが古代日本に造詣が深く、由貴也も母や祖父の影響を受け、飛鳥時代や奈良時代についての本を読むのは好きだった。

あの時代に自分が生きていたらどうだっただろう、食べ物はどんな味がしたのだろうか、空気はどんな匂《にお》いだったのだろうか、と何時間でも空想にふけっていられる。

そして何より、万葉集の歌が好きだ。

平安時代くらいになると、和歌というものはすっかり洗練されたものになって、もちろん美しく感動的な歌もあるのだが、「貴族のたしなみ」という感じになってしまっている。

けれど万葉集には庶民の歌などもたくさん入っていて、素朴で力強くて、生活に根付いた息づかいが感じられて、由貴也はその生命力に惹《ひ》かれる。

もし状況が許すなら、大学で万葉集の勉強をしてみたかった。

それでも大学では、いずれ父の事業を継ぐことを考えて強い義務感から経済を専攻したのだが、今こんな状況になって、祖父や曾祖父の蔵書を好きなだけ読んでいられるというのは皮肉なものだ。

その日由貴也は、曾祖父が監修した全集の最終巻を手に取ろうとした。

この全集は現在絶版となっているが、別荘の書庫には全部揃《そろ》っている。

それをこの半年、他の本に寄り道しながら少しずつじっくりと読み進め、とうとう最終巻にたどり着いてしまった、という感じだ。

「あ」

人差し指でその本に触れた瞬間、由貴也の胸にふわっと温かいものが広がった。

一瞬ぎくりとして手を離そうとしたが、次の瞬間由貴也は衝動的にその本を引き出し、胸に抱き締めていた。

優しく、温かく、そして希望に溢れた感情が、その本から由貴也に伝わり、全身を満たしてくれるのがわかる。

この本の昔の持ち主が、この本を手にしながら抱いていた感情。

触れているだけで由貴也もその幸福感に満たされていくようだ。

それをひとしきり味わってから、由貴也は何気《なにげ》なくページを繰り、奥付を見て気付いた。

奥付の日付は、母の誕生日に近い。

もしかすると……この本は、母が生まれた日に曾祖父の手元に届き、曾祖父は孫娘の誕生に喜びいっぱいでこれを手にしたのではないだろうか。

喜び、希望、そして優しい愛情。

そんなものが伝わってくる。

こんなにはっきり、誰かの感情を受け止めるのは久しぶりだ。

——由貴也には、誰かの持ち物に触れると、持ち主の感情を感じ取れる不思議な能力がある。

とはいえ、だいたいはぼんやりしたもので、幼いころにはそれが自分だけに備わったおかしな力だということにも気付いていなかった。

ふと何かに触れたときに、漠然と、悲しいとか痛いとか嬉《うれ》しいとか、そういう感じがその「もの」から伝わってくるのだ。

直接誰か「人」に触れても、何も感じない。

「もの」だけ……それも、たまたま誰かの感情と強く結びついたものだけだ。

怪我《けが》をしたときに持っていたものとか、誰かを失ったときに握りしめていたハンカチとか、プロポーズをした、そして受けたときの指輪とか。

両親にはそういう力はなかったようだから、遺伝ではないのだろう。

それでも両親は「由貴也は人の気持ちがわかる」と受け止めてくれていた。

あとから考えれば両親だって驚き悩んだだろうし、幼稚園に入る前には、他人との関わり方について教えなければと思っていたかもしれない。

だがその前に、由貴也は失敗をした。

たまたま父の妹である叔母夫婦が訪ねてきて、一緒に来た従兄の信司が持ってきたおもちゃに触れたときに、びりりと何かを感じた。

何か、黒くて怖いもの。

それは……由貴也にとってはじめて接する、大きな負の感情だった。

そして由貴也は口走っていた。

「信司おにいちゃんは、ぼくがきらいなの……？　ぼくがほんけのこ、だから……？」

本家の子、というのは親族が由貴也に対して使う肩書きのようなものだったが、由貴也はまだその意味を理解していなかった。

その肩書きに、受け継ぐべき莫大な財産と、背負うべき義務と責任が伴うことも。

だが、由貴也より五つ年上の信司は、すでに自分と由貴也の違いを叔父叔母に吹き込まれて、妬みの感情を持っていたらしい。

由貴也の言葉に信司がぎょっとし、傍《そば》にいた叔母が「なんなの、この子！」と叫んだ。

その場を両親がどう収めたのかは覚えていない。

そしてそれだけなら、由貴也はそのことを忘れてしまったかもしれない。

だがその日……由貴也はもう一度、やってしまった。

叔母が落としたハンカチを拾い、そしてやはり、強い負の感情を受け止め——

泣き出してしまったのだ。

「おばちゃまは、ぼくとままが、いなくなればいいの……？」

そんなことを言いながら。

由貴也はすぐにその場から連れ出され、残った大人たちが何か強く言い合っていたことは覚えている。

その夜母に、「何かを感じても、その人がいやな気持ちになるかもしれないから、言葉にしないほうがいいかもしれないわね」と優しく言われたことも。

そして由貴也は少しずつ学んでいった。

これは、自分だけに備わっている力であること。

何かを感じても、口に出してはいけないこと。

ものに触れて何かを感じることも、隠しておいた方がいいこと。

そして……何年くらい間を置いてのことだったか、次に親族の集まりがあったとき、たまたま近くに寄った由貴也に、叔父が不快そうに言ったのだ。

「相変わらずあの、気味の悪い力を持っているのか」

叔父の持ち物に触れなくても、叔父が発している強い嫌悪と拒否感はわかった。

だから由貴也は言ったのだ。

「ぼく、よく覚えていなくて……前に、何か変なことを言ったんですね、ごめんなさい」

もうあんな力はない、幼いころだけのもので、消えてしまった……と。

だが叔父はそれを信じてはいなかったのだろう。

この別荘に由貴也を閉じ込めるときの、「お前のような気味の悪い人間が、どうやって一人で生きていけるんだ」という言葉にそれが表れている。

由貴也自身、この力を抑え込んで、何かを感じてもそれに自分の心が反応しないよう努力してはきたが、それが学校生活を困難にしたのも事実で、心を許せる友人というものはとうとう一人もできなかった。

成長するにつれ、自分は経営に向いていないという思いが強くなったのも、この力が邪魔をするように感じたからだ。

もしかしたら両親亡きあと、叔父が強引に会社を引き受けて自分の責任が先送りになったことを、由貴也はどこかで「助かった」と感じていて、だからこそ叔父の「乗っ取り」に気付かなかった……怪しい気配に、無意識に目を瞑《つぶ》っていたのかもしれない。

その結果が、今のこの状況だ。

それでもここで、別荘の蔵書を読破することと、庭の手入れだけで一生を終わるわけにはいかない。

なんとかしなくては。

なんとかしなくては。

由貴也はひたすら、自分にそう言い聞かせ続けていた。


「おはよう」

いつものように庭に出ると、蛙の石像の上に、またあのアマガエルがいた。

ちょこんと座り、つぶらな目で由貴也を見上げている。

このアマガエルは由貴也を怖がらず、逃げる様子もなく、由貴也が庭の手入れをしているのをじっと見つめている。

これまでアマガエルに触れようとしたことはないのだが、今日はいつもにましてその視線がかわいらしく思え、由貴也はふと思いつき、ゆっくりとアマガエルのほうに人差し指を差し出してみた。

もし怯《おび》えるようならすぐに引っ込めようと思いながら。

するとアマガエルはゆっくりと瞬きをし……それから、片方の前足を上げて、由貴也の指先にそっと触れたのだ。

「あ」

その感触に、由貴也ははっとした。

なんだろう。

好奇心と、嬉しさと……一瞬、そんなものを感じたのだ。

もともと由貴也に備わっている力は、誰かの「持ち物」に触れると感じるもので、誰かに直接触っても、相手の感情がわかるようなことはない。

生きている何かに触れて、こんなふうに感じるのははじめてのことだ。

しかしそれは一瞬のことで、アマガエルはじっと由貴也を見上げたまま、前足を引っ込めた。

「……きみは、なんだか不思議だなあ」

由貴也はアマガエルに話しかけた。

「僕をちっとも怖がらない。僕がきみに何もしないって、ちゃんとわかるんだね」

アマガエルはまるで由貴也の言葉がわかるかのように、ゆっくりと瞬きをする。

「ふふ」

由貴也は思わず口元を綻ばせた。

「きみがここで居心地よくしているならいいなあ。怖いことはない？　天敵になるようなものはいないと思うんだけど、何かあったときに隠れるような場所はある？」

アマガエルはちょっと首を傾《かし》げたように見えたが、いくらなんでもそれは気のせいかもしれない、とも思う。

由貴也はふと、このアマガエルと自分は、少し似ているかもしれない、と思った。

なんとなくの印象だが、もしこのアマガエルが人間だったら、印象が薄く繊細で弱々しい顔全体の中で、睫《まつげ》の長い大きな目だけが目立っている顔立ちになるような気がしたのだ。

「なんだか他人とは思えない、不思議だね」

そう言ってから由貴也は、小川の中を枯れ草が二筋ほど流れているのに気付いた。

慌ててそれを掬《すく》い、立ち上がる。

「邪魔してごめんね、じゃあまた」

アマガエルにそう言って、由貴也はその場を離れた。

庭は広く、毎日まんべんなく点検し手入れしようと思うと、意外に時間がかかる。

由貴也はそれを、手持ち無沙汰にならずにすんでいいのでありがたい、と感じていた。

足元に気をつけながら生け垣沿いに庭を回り、蛙の石像があったのとは反対側の、小川が庭に流れ込んでくるほうの隅に着く。

そこには、やはり曾祖父か祖父が建てたらしい小さな祠があり、中には、鼻が尖《とが》り尾が大きな動物の像がある。

普通に考えればこれはお稲荷《いなり》さまで、狐《きつね》だろう。

だが由貴也は、なんとなくそれが、狐に似ているが狐ではないような気がしている。

狐にしては耳が少し小さいし……全体的に、狐よりも精悍《せいかん》な気がする。

古びた石像で、角が取れて丸みを帯びてきているにもかかわらず、そう感じる。

その石像を覆うように木の建物が作られているが、鳥居などはなく、それもなんとなくお稲荷さまらしくない、という気がする。

庭はあえて「雑草」とも呼べる草を、あまり乱雑にならない程度に残してあるのだが、由貴也は、祠の周囲だけはきれいに雑草を抜いていた。

祠の屋根に載った木の葉などを払い、前にしゃがんで両手を合わせてから、話しかける。

「こんにちは、今日はいい天気ですね」

それは、幼いころからの習慣のようなものだった。

祖父がよくこの石像の前で手を合わせて「今日も庭の見張りを頼むよ」「今年は雪があまり多くならないといいな」などと話しかけているのを見ていて、なんとなくこの石像には話しかけるもの、というような考えがすり込まれていたのだ。

「ことしもあそびにきました」

「ことしはしゅくだいがたいへんなの」

「だんだん体育が苦手になるなあ……頑張らなくちゃいけないんだけど」

「また、うっかり同級生の落とし物に触って、その子の悩みを感じたんだけど……口に出してはいけないのが、辛《つら》いんだ」

「時々いろいろ、気が重くなるんだけど……頑張らないとね」

「僕は本当に、父さまのあとを継げると思う……?」

それは、その年齢ごとの、由貴也の悩みだった。

誰にも口にできないそれを、なんとなくこの石像になら言ってもいいような気がしていたのだ。

石像は黙って聞いてくれる。

弱音を吐くと両親が心配するような気がして、由貴也は誰にも言えない思いをこの石像の前で吐き出すことで、心の整理をしていたのかもしれない。

今もそうだ。

別荘番夫婦が、毎日庭でぶつぶつと石像に話しかけている由貴也を見て「おかしなことを」と首を横に振っているのがわかるが、由貴也にしてみたら他に話相手がいない今、よりいっそうこの像が心の拠《よ》り所だという気がしている。

「今日もね、僕の一日は同じです……ここで学校の愚痴なんかを言っていたころが懐かしいなあ」

由貴也はため息とともに言った。

「何もない日が続くより、悩ましいことが重なっても変化があるほうが幸せなのかもしれない、と思えたりもします」

そう言ってから、思わず苦笑する。

「あなたはここにずっといて……ここから動けないいんだから、あなたにこんなことを言うのはおかしいかな」

石像は黙って由貴也の愚痴を受け止めてくれているような気がする。

由貴也はふと、石像に触れてみたくなった。

これまで、手入れの際に布で拭いたりしたことはあるが、ただ意味もなく触れてみたい、と思うのははじめてかもしれない。

なぜだろう、先ほどアマガエルに触って、不思議な感覚を覚えたからだろうか。

ずっと、誰かの持ち物に触れてその感情を感じ取ることが怖かったのに。

もしかすると書庫にあった本で、優しい温かい気持ちを感じたからだろうか。

──僕はもしかして、寂しいのかな。

そんなことを思いながら由貴也はそっと手を伸ばし、その石像の鼻先に触れた。

「あ」

ぴり、と何かを感じ、反射的に引っ込めようとした指を、もう一度鼻先に押し付ける。

また、何か感じる。

ゆったりとした穏やかさ。満足げな感じ。

まるで……そう、誰かが、落ち着いた、怖がることなど何もない、ゆうゆうとした眠りの中にいるような。

この石像を建てた誰かの感情なのだろうか？

だがそれにしては、持ち物に宿った過去の感情という淡いベールがかかった感じがなく、今現在この石像が発している雰囲気のようなはっきりしたものを感じる。

先ほどのアマガエルはそれ自体が生きていたけれど、どうして石像からこんなにはっきりしたイメージを感じるのだろう。

由貴也は目を閉じた。

そのほうがより、強く感じられるような気がしたのだ。

何も怖くない、恐れない、そして穏やかで落ち着いた眠りは……由貴也にはなかなか得られないものだ。

特にこの別荘に軟禁されてからは、眠りは浅く、あれこれ思い悩んでは目を覚ますことが多い。

こんなふうに眠れたら気持ちがいいだろう。

この「眠り」のもとの持ち主は、きっと、強い人に違いない。

そんなことを考えていると、指で触れている石像の鼻先が、本当の生き物のように湿り気と体温を帯び、静かな息遣いまで感じ取れるような気がしてくる。

いや……鼻の湿り気、ということは。

人、ではないのだろうか？

像のモデルになった動物の感情ということなのだろうか……？

はたとそう思った由貴也が目を開けると――

そこに、金色の目があった。

あの、夢で見る、暗闇の中で光っている金色の目。

だが今、その目の主は明らかに、思いも寄らない生き物の姿を取っていた。

「え」

由貴也は固まった。

これはなんだろう。

いつの間にこの庭に、こんな生き物が入り込んでいたのだろう。

大型犬のようだが、違う。

黒っぽい毛並み、少し突き出た鼻、ぴんと立った耳、そして大きな口。

狐ではない、犬でもない。

敢《あ》えて言うなら……狼《おおかみ》……？

そして由貴也の指は、その狼らしき生き物の鼻に、触れていた。

「あ……ご、ごめんなさい」

思わずそう言って、慌てて由貴也は指を引っ込めたが、そこから身動きができない。

どうすればいいのだろう。

不思議と怖い感じはしないが……急に動いて驚かせたらいけないかもしれない。

と。

「なぜ謝る」

狼の口が動き、同時に、耳にそんな言葉が聞こえた。

いや、狼は喋《しゃべ》らないだろう。だがその声はどう考えても、目の前の生き物の口から出てきたとしか思えない。

「……話せるの……？」

由貴也がおそるおそる尋ねると、狼はふんと鼻を鳴らした。

「こうやって話しているが」

尊大な口調に、自分がとても失礼で非常識な発言をしたかのような気になる。

「ごめんなさい……」

「だから、なぜ謝る」

狼は不思議そうに瞬きをした。

「何をびくついているのだ。お前はここに住んでいる生き物なのか？」

ここに住んでいる生き物、というのはなんだか不思議な言い方だが、間違ってはいない。

「そう……です。それで、あなたは……？」

庭に狼が現れて、人間語で会話をしているとおそろしく非現実的だが、会話できるのだから続けるしかない。

「俺は俺だ。お前は俺の夢の中にいるくせに、そんなこともわからないのか」

「え……え？　僕が？　あなたの夢の中に、いるんですか……？」

由貴也は戸惑った。

いつの間にか自分は、この狼の夢の中に入り込んでしまったのか？

だとしたら、この狼はどこかに実在するわけで……でも、別荘の周囲に、いやそれどころか日本に野生の狼はいないはずだ。

それにこの狼はむしろ、日本にいた狼よりも大きく、ヨーロッパか北米にいる（いた？）種類のようにも思える。

「俺の眠りの中にお前が現れたのだから、そういうことだろう」

狼は尊大な口調で言い、それから探るように由貴也を見つめた。

「お前のことはずっと知っているような気がするが……こうやって顔が見えるのははじめてだ。どうしてお前はよりによってその顔なのだろう」

少しばかり呆《あき》れたような苦笑しているような雰囲気。

「その顔……って……？」

「いや、俺が知っている人間に似ている、それだけだ。俺の夢だから仕方ない」

狼は軽く首を振り、

「で？　この場所はお前のすみかなのか？」

口調を変えて尋ねる。

この場所、というのは……由貴也にとっては、自分の別荘の庭のことだ。

「ここに住み始めたのは……住まなくてはいけなくなったのは、半年くらい前からなので……昔は夏休みとかに滞在していたんですけど」

「夏休み……？」

狼は、人間の顔だったら眉を寄せたのだろう、と思わせる訝《いぶか》しげな目つきになる。

「あの、学校の休みです。このあたりは夏の別荘地ですから。でも僕は……この冬から、ここにいます」

「ふうん？」

理解したのかしていないのかわからない曖昧な相づちを打ってから、狼はその金色の鋭い目で、由貴也を見つめる。

「ここに住まなくてはいけなくなった、と言ったな？　お前はここに、住みたくて住んでいるわけではないのか？」

「あ……その」

由貴也は口ごもった。

「まあ、そうです」

「ここは美しい場所だと思うが、嫌いなのか」

狼が由貴也の背後に広がる庭に視線をやりながら尋ねる。

「いえ、本当にきれいな場所だし、僕はここが好きではあるんですけど……」

美しい場所と言われたことが、なんとなく嬉しい。

「ここから好きなときに出て行けない境遇なんです。好きなときに出て行き、また好きなときに戻ってきたい。行きたいところへ自由に行きたい」

「行けばいいだろう」

狼は不思議そうだ。

「手足を縛られているわけでもなんでもないのだろう。好きに出て行って、戻ってくればいい。それともお前は、俺の目に見えているよりもずっと子どもなのか」

「そうじゃ……ないんですけど」

由貴也は言葉を探した。

「僕の居場所はここしかないのかもしれない……外の世界で一人で生きていくことは難しいのかもしれない、と思うこともあって……」

それは、由貴也を時折襲うマイナスの思考だった。

いつかここから出て行ってみせるという決意と、本当にここを出て、ほぼ無一文、頼れる人もいない状態で、しかも誰かの持ち物にうっかり触れたらその感情を受け止めてしまうおかしな能力があって……ごく普通に、当たり前に、生きていくことができるのかどうかという不安が、由貴也の中でせめぎ合っている。

「誰かにそう言われたのか？」

狼の問いに、躊躇《ためら》いつつ頷《うなず》く。

「そう……です」

「それを否定するために戦わないのか？」

狼の言葉に由貴也ははっとした。

戦う。

そんなことは考えたこともなかった。誰かと戦う、争う、という発想は、これまでの由貴也の人生の中に存在しなかった。

両親の教育も、由貴也が置かれている境遇も、いずれは上に立つ人間として、他人を傷つけないことを第一とされていたように思う。

今、こんな状況に置かれていても、由貴也の選択肢は「逃げ出す」ことしかなかった。

だが、逃げ出したあとの自分に不安があるのなら……戦う、という考え方もあるのか。

いったい誰と……叔父や叔母と？

それもなんとなく違う気がする。

「戦う」

その言葉を、由貴也は口に出してみた。

「そうだ。それに、何も一人で戦う必要はない。味方を探してはどうだ」

狼が意味ありげに言う。

由貴也は困惑した。

味方といっても、どこにいるのだろう……？

自分と戦うために、誰かが味方してくれるのだろうか。

すると狼は、そっと鼻面で由貴也の手に触れた。

「……なるほど、お前は孤独なのか」

由貴也ははっとした。

孤独。

もしかすると自分が一番辛いのは、その事実なのだろうか。

ここに軟禁されているよりも、叔父にすべてを奪われたことよりも、何よりも辛いのは……ひとりぼっちだということなのだろうか。

そうだ。自覚していなかったけれど、そうなのだ。

両親もなく、親身になってくれる近しい親族もいない。

自分のおかしな力を隠すために本心を顔に出さないよう抑えていた結果、親しい友人と呼べる相手はとうとうできなかった。

自分は本当に、孤独なのだ。

その事実が、胸に迫ってくる。

「……はい」

由貴也が頷くと、狼が鼻先をさらに強く由貴也の手に押し付ける。

——温かい。

少し湿った鼻先は、温かく、そして優しい感じがする。

考えてみるとペットも飼ったことがないし、両親を失ってからこんなふうに、生きている誰かの……何かの温度を感じたことはなかったかもしれない。

だがこうして狼の温かさを意識すると、なんだか胸の中に優しい希望がにじみ出てくるような気がして、気持ちが上向きになる。

由貴也は思わず微笑《ほほえ》んだ。

すると、狼の金色の目がじっと由貴也の目を覗《のぞ》き込んだ。

「お前は、いい目をしている」

「……え？」

いい目とはなんだろう、と思っていると狼は続けた。

「一見、自分に自信がなさそうで怯えた目なのに、不思議と、毅然《きぜん》として誇り高いものがある。それがお前の本質なのだろうと、俺には思える」

毅然として誇り高い。

自分のことをそんなふうに思ったことはないが、もしそんな「本質」があるのだとしたら、自分も戦うことができるだろうか。

そしてその相手は。

ふいに由貴也は、その答えを見つけたような気がした。

「僕は、自分と戦わなくてはいけないんですね」

弱い自分自身と、まずは戦って強くならなければ。

「そう思うのなら、それが正しいのだろう。そしてそう思っただけで、お前はもうわずかに強くなり、戦い始めているのだ」

狼は目を細めた。

「いい戦いになるといいな」

「ありがとうございます」

由貴也はそう言ってから、思わぬ衝動にかられた。

この狼のぬくもりを、もっと全身で感じたい。

抱き締めてみたい。

そっと腕を伸ばしてみると……狼は動かずに、由貴也を見つめている。

金色の目……あの、夢で見る男と同じ。

夢の中で由貴也は、腕を伸ばしてその目の主を抱き締め、そして抱き締められたのだ。

「……あなたに触ってもいいですか？」

由貴也が尋ねると、金色の目が少し細められた。

「構わないが」

由貴也はそっと両腕を伸ばし、狼の首を抱き締める。

「あ……」

全身に、不思議な痺れが走った。

気持ちがいい。

もっとごわごわしているのかと思った毛並みは、滑らかでやわらかい。

そして、温かい。

ああ、一緒だ……と由貴也は感じた。

夢で見る金色の目の持ち主と、触れた感触はもちろん違うけれど、伝わってくるものは同じだ。

ただ、あの焦れるような、性感に通じるものは、今は大きくない。

それよりも、なんとも言えない幸福感が胸に溢れてくるような気がする。

自分を拒絶しない相手に触れている心地よさ、なのだろうか。

子どものころに抱き締めてくれた母の腕のような。

だがもっとそれだけではない、心の奥底から溢れてくる安心感のようなものがある。

狼はじっとしている。

由貴也は目を閉じて、頬をその毛並みに押し付け――


目が、覚めた。

目を開けた瞬間、由貴也は自分がどこにいるのか一瞬わからず……瞬きをして、寝室の、自分のベッドの上にいるのだと気付いた。

ゆっくりと起き上がり、部屋を見回す。

なんだろう……部屋はきのうまでと変わらないのに、まるではじめて見る部屋のような感じもする。

そして、胸に溢れるこの優しい幸福感。

次の瞬間、由貴也ははっとした。

狼。

そう、狼と会話をし、狼を抱き締めたのだ。

まだ腕に、あの毛並みの感触とぬくもりが残っているような気がする。

だがあれは、庭での出来事だったはず。

祠の石像に触れて……そうしたら、石像が本物の、金色の目をした狼になったのだ。

それなのに自分は今、ベッドの上にいてカーテンの隙間からは朝の光が差し込んでいる。

ではあれは夢だったのだろうか？

いつもの、金色の目の男と抱き合う淫夢のようなものではなく、金色の目をした狼を抱き締める夢。

狼は、自分が見ている夢の中に由貴也がいると言ったけれど、実際には由貴也の夢だったということだろうか？

由貴也はベッドから降りると、カーテンを開けた。

窓は、庭を見下ろせる位置にある。

言い換えれば、道路からは見えない位置ということで……叔父が、由貴也が窓から勝手に外の人に合図を送ったりできないよう、この部屋を由貴也の部屋と決めたのだ。

その庭は、夜の間に雨でも降ったのだろうか、緑がきらきらと輝いて、いつもに増して美しい。

だがその美しい庭が、今日はことのほか狭く感じる。

とても小さな小さな、美しい世界。

こんなふうに感じたことはこれまでなかった。

なんだか、新しい目で、新しい気持ちで、部屋や庭を見ているような気がする。

由貴也は不思議な気持ちで胸に手を当て、ゆっくりと呼吸をした。

そうだ。

なんだか、新しい気持ち、新しい決意が、胸に宿っているような気がする。

狼と交わした会話……「戦う」という言葉。

自分自身の弱さと戦わなくてはいけないと、由貴也は思ったのだ。

その気持ちが、ちゃんと胸の中に収まっている。

これまで確かに自分は、誰かの言うことをきいて、「いい子」として生きてきた。

自分というものを持っていなかった。

だから、叔父につけこまれ、ここに軟禁されるような事態になった。

ただここから逃げ出すのではなく、自分の弱さと戦って、強くなって、一人で生きていく力をつけなくては。

夢の中の狼が、由貴也にこれまで持っていなかったそんな決意を与えてくれたような気がする。

毅然として誇り高い何かが備わっており、戦うと決めただけでもうわずかに強くなりはじめている、と狼は言った。

本当かどうかわからないけれど、でも、そういう自分になりたい。

由貴也は、寝室に隣接したバスルームで洗面をすませた。

夜の間も寝室に鍵はかけられており、朝決まった時間に開けられる。

由貴也はいつもその音を聞いてから起き、身支度をしていたのだが、今朝は外から鍵が開けられるのを待ちかねたように、内側から扉を開けた。

別荘番の妻がぎょっとしたように後ずさりする。

「おはようございます」

由貴也は明るくそう言って、部屋の外に出た。

「今朝は……お早いんですね」

戸惑ったような別荘番の妻に、由貴也は微笑んで頷いた。

「ええ、目が覚めてしまったので、食事の前に庭を散歩してきます」

そう言って階段を降り、庭に面したポーチに向かった。

別荘番夫婦は気圧《けお》されたように由貴也を見送る。

もともと由貴也は、朝食前に散歩をするのが習慣だった。

東京の本宅に住んでいるときは、本宅の周囲を二十分ほど歩くだけで、身体も頭もきちんと目覚めるように感じていたのだ。

この半年はそれができなくて、朝起きてすぐの朝食も、食欲が出ずに少ししか食べられなかったのだ。

庭に出た由貴也は、真っ直ぐにあの祠に向かった。

足元の草はしっとりと湿り、祠も濡《ぬ》れているが、石像は屋根に守られている。

由貴也は祠の前にしゃがんだ。

狐のようでいて狐ではないように思っていた石像は、狼だと思ってみるといかにも狼らしい。

由貴也はそっと手を伸ばし、指の先でその鼻面に触れ、目を閉じてみた。

——何も、感じない。

昨日……もしくは夢の中で感じたような、ゆったりとして穏やかな感じはまるでなく、ただの石の感触しかない。

やはりあれはただの夢だったのだろうか。

由貴也は目を開け、石像を見つめた。

やはり石像は石像で、狼の姿にはならないけれど、それでも由貴也には、これがあの狼だという確信のようなものがある。

「……僕は、強くなりますね。ありがとうございます」

両手を合わせて石像に向かって深く頭を下げると、由貴也は立ち上がり、庭をゆっくりと回った。

蛙の石像のところまで来ると、また、あのアマガエルがちょこんと乗っていた。

瞬きをして由貴也を見つめている。

そうだ、そもそも昨日――もしくは昨夜の夢――では、このアマガエルに触れてみたら何かを感じたのがはじまりだった。

そう思ってアマガエルの前にしゃがむ。

「……また触ってもいい？　いやだったら逃げてね」

祠の狼と同じく、今度は何も起きないだろうと思いつつ、由貴也はそう言って指先でそっとアマガエルの頭に触れ――

ぎょっとした。

恐怖。

絶望。

「え」

自分が感じたものが信じられず、由貴也は思わずアマガエルを見た。

アマガエルはやはり、逃げることなくただただつぶらな目で由貴也を見ているが、指先には間違いなく恐怖や絶望が伝わってくる。

「どうしたの……何が、怖いの？　僕はきみに何もしないよ」

由貴也が急いでそう言った。

不安。

アマガエルから伝わってくる感情に、それも加わる。

どういうことだろう。

そもそもこれは、このアマガエル自身の感情なのだろうか。

これまで由貴也は、誰かの持ち物に強い感情が宿っているときだけ、それを感じ取ってきた。生き物から直接何かを感じたのは、このアマガエルがはじめてなので、どう受け取ったらいいのか、わからない。

だが、こうしているとアマガエルの不安が、自分の胸にじわじわとしみこんで、まるで自分の不安のようになってくるのがわかり、胸のあたりに何か、固いものがつかえたような感じがして、鼓動が速くなってくる。

そのとき……

「由貴也さん」

ふいに背後から声がして、由貴也はぎくりとした。

弾かれたように立ち上がって振り向くと——

別荘番が由貴也を探してか、庭の奥深くまで入ってきていた。

「な……なんでしょう」

心臓がばくばく鳴っているようで、片手で胸を押さえながら尋ねる。

「今日、大越《おおごえ》さまがこちらにお見えになるそうです。今電話がありました」

大越というのは、叔父の姓だ。

別荘番の雇い主でもある。

その叔父が今日、ここに来るというのか。

由貴也が話をしたいと別荘番を通じて頼んでも、一度も姿を現さなかった叔父が。

何かが起きるのだ。

今、アマガエルから感じた不安は、何かの予兆のようなものだったのだろうか。

由貴也はごくりと唾を飲み込み……それでもなんとか平静を装って、

「わかりました」

そう、答えた。

「これに、サインをしろ」

叔母とともに現れた叔父は、テーブルに書類を広げるなりそう言った。

叔父は頭髪が薄く恰幅《かっぷく》のいい、いかにも古いタイプの大企業経営者という雰囲気の男だ。

「これは、なんですか」

由貴也は書類には手を触れずに尋ねた。

両親の遺産や会社に対する権利などに関する書類にも、まだ高校生になったばかりで法律のこともよくわかっていない由貴也に「相続に必要」と言いくるめて叔父がサインをさせ、結果、由貴也は今の状況に陥っている。

今度は、簡単にサインなどしてはいけない、と思う。

叔父は眉を寄せた。

いいからサインをしろ、と高圧的に言われるかと思って由貴也は身構えたのだが、叔父は無言で、ちらりと叔母と顔を見合わせた。

叔母は父の妹だがあまり似てはいない。

痩《や》せ型であるところは同じだが、父にあった包容力のようなものはなく、ぎすぎすとした冷たい感じだ。

この雰囲気が、幼いころから苦手だったのだ、と由貴也は改めて思う。

しかし……

「悪い話じゃないのよ」

叔母は、似合わない猫なで声を出して、書類を由貴也のほうに押しやった。

「この別荘を、欲しいという人がいるの」

由貴也は警戒して叔母を見た。

「欲しい、というのは……」

「もちろん、ただで譲るわけじゃないわ、買っていただくのよ。由貴也さんにとっても損のない話ですよ」

叔母の猫なで声は続く。

つまり、由貴也にとってただ一つ残った財産である、そして母の形見でもあるこの別荘を「売れ」ということだ。

由貴也の意思など関係なく、もう話はまとまっていて、残るは由貴也のサインひとつ、ということなのだろう。

由貴也の胸に、じわりと怒りが宿った。

彼らはとうとう由貴也から、最後のものまで奪おうというのか。

曾祖父の代からの財産であり、由貴也にとって祖父や母の記憶に繋《つな》がるたったひとつのよすがであるここを、取り上げようというのか。

その瞬間由貴也の耳に、「戦え」という声が聞こえたような気がした。

あの、狼の声で。

そうだ。

由貴也が今しなくてはいけないのは……叔父叔母に屈しない、弱い自分を鼓舞するための戦いだ。

由貴也はゆっくりと深呼吸し、そして叔父の目をじっと見つめた。

「お断りします」

「なんだと！」

激昂《げっこう》して腰を浮かしかけた叔父の上着の裾を叔母が慌てて引っ張り、座らせる。

「どうしてなの？　もちろん、売ったお金は相応の手数料を除いて由貴也さんのものよ。そもそも今時こんな、冬は寒くて住めないような別荘地をいい値段で買ってくれる人は貴重なんだから、チャンスは摑《つか》まなくては。あなただって、この先のことを考えたら、お金を持っていたほうが親戚の世話にならずにすんでいいでしょう？」

叔母が並べ立てる言葉のすべてに、由貴也は反論したくなった。

相応の手数料とはなんなのか。叔父叔母がそこから抜き取るということではないのか。

冬は住めないような別荘地に、冬から由貴也を押し込めたのは誰なのか。

そもそもこの別荘地は著名人や資産家に人気で、場所がよく敷地面積も広いような別荘はなかなか売り物が出ないので、入手しにくいことで有名だ。

そして……由貴也が親戚の「世話になっている」という言い草も。

この別荘で由貴也にかかる生活費のことを言っているのだとしたら、言いがかりにもほどがある。

だが由貴也は、その反論をぐっと飲み込んだ。

冷静になったほうがいい。こちらが冷静であればあるほど、この人たちはぼろを出してくれるような気がする。

「どなたが買うんですか？」

由貴也は静かに尋ねた。

「ひいおじいさまの代から大切にしてきたここを、よくわからない相手に売っては、ご近所の方もよく思われないかと」

「そこは大丈夫だ」

叔父が勢い込んで言った。

「K社の社長だ。お前だって知っているだろう」

それは、有名なＩＴ企業の名前だった。

そして……叔父に乗っ取られた父の会社と大口の取引があったことは、由貴也もなんとなく知っている。

要するに……その相手が好立地の別荘を欲しがっていて、叔父は恩を売りたいか何かで、ここを譲ることを思いついたのだろう。

腹立たしいことだが、考えようによっては自分にとっても確かに悪い話ではないかもしれない、と由貴也は思った。

別荘を現金化すれば、自立するまでの当面のめどが立つ。

そうして、叔父叔母と縁を切って生きていけるのなら。

だが彼らはそれを許すだろうか。

「……ここを売ったら、僕はどうすればいいんです？」

由貴也は慎重にそう尋ねてみた。

すると叔父叔母は再び顔を見合わせ——

そして今度は叔父が言った。

「お前が住むマンションは用意してやる。あとは自分の金で生きていけるだろう」

そういうことか、と由貴也は思った。

父が買った……そして今は叔父のものとなっている、資産としてのマンションがいくつかある。

その中の一つに自分を住まわせれば、この別荘で別荘番を雇っておくよりも経費がかからないだろう……というか、今度は叔父叔母は金をかけずに、由貴也一人で、別荘を売った金で生きていけということだ。

ただしそれは……やはり監視付きということになるのではないだろうか。

だがもう自分は、世間知らずの子どもではないし、ここに連れてこられたときのような不意打ちに対しても心の準備はできている。

今までと同じように言いなりになると思わせたくはない。

「……条件があります」

由貴也はゆっくりと言った。

「条件だと？」

叔父が眉を寄せる。

「言ってみろ」

「ここを現金化したら、僕は今後、叔父さま叔母さまと関わりなく、一人で生きていこうと思います。仕事を探して、自立します」

「そんなことは許さん！」

叔父は、拳で机を叩いた。

「お前にそんなことができるはずがないだろう！」

「どうしてですか」

由貴也は叔父の目を真っ直ぐに見つめた。

「どうしてそんなに、僕が自立できないとおっしゃるんですか。やってみなくてはわかりません」

こんなふうに誰かに対し強い口調で話したことはこれまでなく、声が震えそうになるのを必死で堪える。

「それとも……僕が勝手に誰かと会ったり話したりすると叔父さまがお困りになるということですか」

「うるさい！」

叔父は大声で怒鳴り、立ち上がった。

顔を真っ赤にし、威嚇するように、由貴也の鼻先に人差し指を突きつける。

「お前は黙って言うことを聞いていればいいんだ！」

図星だったのだ。

やはり彼らは、自分を目の届くところに置いておきたいのだ。

由貴也が他の親族や、会社関係の人などと連絡を取るのは困るということで……ということはおそらく、由貴也の権利を奪った行動の中に、不当なもの、不法なものが含まれているということだ。

そういうことなら……

「では、ここは売りません」

由貴也はきっぱりと言った。

「サインをする条件は、僕を自由にしてくださること、それだけです」

書類を、叔父叔母のほうに向かって突き返す。

叔父はどう出るだろうと身構えていると……

「あなた」

叔父の横から、叔母が抑えた声で言った。

「そんなに興奮すると血圧が上がるわ」

それから、由貴也をちらりと見る。

「由貴也さんも、急な話で動揺しているんでしょう。考える時間をあげたほうがいいわ。いったん帰って、出直しましょう」

叔母は、まだ何か言いたげな叔父を促して立ち上がると、そのまま叔父の腕を引っ張って部屋から出て行く。

由貴也は、ほうっとため息をついた。

手が震えている。

叔父叔母に言い返すというのは自分にとってかなりの困難ではあった。

でも、できた。

そして彼らは拍子抜けするほどあっさりと引き下がったように見えるが、これで諦めたとは思えない。

おそらく、叔父よりも叔母のほうが狡猾《こうかつ》で、何か次の手を考えているのだろう。

だが、立ち向かってみせる。

自分のどこにこんな強さがあったのか不思議だが、そのとき脳裏に浮かんでいたのは、やはりあの、凜々《りり》しく力強い、狼の姿だった。


その夜、由貴也は寝室に入りふと、内側から鍵をかけたい衝動にかられた。

こんなことははじめてだ。

由貴也はここに軟禁されており、外に出たいと思うことはあっても、自ら閉じこもりたいと思ったことはない。

だがすぐに、いったい自分は何を恐れているのだろう、とも思う。

事態はこれ以上悪くなりようがない。

そもそもこの部屋に内鍵はついていないのだから、考えてもどうしようもないのだ。

そう思っている間に、いつものように外から鍵がかけられる。

由貴也はベッドに入って、自分を落ち着かせようと何度も深呼吸し、漠然とした不安を払いのけようとし——

うとうとしかけたとき、階下で何か、足音のようなものが聞こえた気がした。

別荘番夫婦が、こんな時間に何かしているのだろうか。

と、ひたひたと階段を駆け上がってくる複数の足音。

なんだろう、とベッドの上に身を起こすのと、鍵が開けられ扉が開いたのは、ほぼ同時だった。

暗がりの中、突然強い懐中電灯の光を当てられ、一瞬目がくらむ。

次の瞬間、由貴也は腹を強く殴られたように感じ、息が詰まって……そして視界が暗くなった。


「——から、とっとと始末しておきゃよかったんだよ」

誰かの声が聞こえる。

聞き覚えのある声、誰だったろう……と由貴也はぼんやりと考え、そしてわずかに身じろぎして、それ以上身体が動かないことに気付いた。

おかしい。

視界は真っ暗で……手は後ろに回され、足首も固定されているように思う。

「そうはいっても、手荒なことをしてぼろが出たら」

これは、叔父の声だ。

「とはいっても、結局その甘さが裏目に出たのよ」

叔母の声。

そして、低く流れているエンジン音。

車の中だ。

由貴也は、自分が後ろ手に縛られ、足首も縛られ、目隠しもされているらしいことにようやく気付いた。

「俺には口を出すなと言っておいて、結局こうやって手伝わせるんだからな」

最初の声……そうだ、これは従兄の信司だ。

声の方角からどうやら三列シートの車で、自分は真ん中のシートに転がされ、信司が運転し、助手席に叔母、後部座席に叔父がいるらしいとわかる。

「こいつが、ここに来てあんなふうに意地を張るとは思わなかったんだ」

叔父が吐き捨てている。

こいつとは当然、自分のことだろう、と由貴也は思った。

「誰かに入れ知恵でもされたのかしら、連絡を取るような相手はいないはずだけど、急に財産や事業を取り戻す欲でも出たんだわ」

苦々しい叔母の声。

「もともとこいつは欲張りなんだよ。生れつき持っているものを全部当然だと思いやがって。

女みたいな顔をしたへなちょこのくせして、意地汚いんだ。それなのに自分には悪気はありませんみたいな面しやがって」

信司の言葉が、由貴也の胸にぐさりと刺さった。

信司は自分のことを、そんなふうに思っていたのだ……子どものころからずっと。

もちろんそれは、両親である叔父叔母の、由貴也に対する苦々しさを聞いて育っていたからでもあるだろう。

その瞬間、車が大きく左右にぶれ、叔母が小さく声をあげた。

「おい、気をつけろ、お前の運転は乱暴だな」

叔父の言葉に、

「慣れないレンタカーなんだ、仕方ないだろ。別荘を売った金が入ったら、今度こそカマロを買ってくれよな」

信司はどこか楽しそうだ。

「全く……お前は働きもしないで無駄遣いばかりして」

叔母は苦笑している。

そう……信司は確か、定職についていなかったはずだ。

それにしても彼らは自分をどうするつもりなのだろう、と由貴也は思った。

こんなふうに、夜中に手足を縛って連れ出すのだから、まともな考えではないに決まっている。

もしかすると……殺されるのだろうか。

そう考え、由貴也は背筋が寒くなるのを感じた。

まさかそこまでは……いや、するのかもしれない。

車が蛇行している雰囲気から、山道を登っているという感じがする。

別荘地から小一時間も走ればどの方向にも山林があるが、そのどこかに向かっているのだろうか。

「今回は俺が役に立ってるだろ。言っとくけど、直接手を汚すのだけはごめんだからな」

「わかっているわ。縛ったまま人気のないところで崖から転がすのは、お父さんと私でやるわよ。今年は熊が多いらしいから、死体の始末をつけてくれるでしょ」

叔母の言葉に、由貴也はぞっとした。

やはり、自分は殺されるのか。

自分はそこまで憎まれていたのか。

どうして？

恵まれた環境に生まれてきたから？

由貴也がそれを望んだわけではない。そして由貴也は、その恵まれた環境には多大な責任が伴うことも自覚し、向いていないとは思いつつもそれを引き受けることを自分の義務だと思い……将来は人の上に立つ身として、自分を律してきたつもりだった。

だが、彼らにしてみれば……頼りない、才覚もない由貴也が、父の息子として生まれただけですべてを受け継ぐことは許せなかったのだろう。

今からでもなんとか伝えられないだろうか。

自分はもともと、事業には向かないと思っていたのだから、執着しないと……命を助けてくれれば、彼らに関わらずにひっそり生きていくつもりだ、と。

だが……由貴也がそうやってどこかで生きている以上、由貴也の存在は彼らにとってどこかに刺さった棘《とげ》のようであり、不安のもととなるのだろう。

でも、このまま死ぬのはいやだ。

ようやく、「戦う」ということをはじめようとしたのに。

こんなにもあっさりとその戦いに負けてしまったら、自分の人生はあまりにも無意味だ。

狼……戦えと言ってくれた狼、いったい僕はどうしたら――

由貴也がそう思ったとき。

「うわ！」

信司が叫びながら、大きくハンドルを切った。

「きゃ！」

「うお！」

叔父叔母も声をあげ、車が大きく傾く。

縛られたまま、由貴也の身体もシートの上で跳ね、次の瞬間——

ふわりと身体が浮いたような気がした。

それから身体がドアのあたりに叩《たた》きつけられる。

目が塞がれていても、車が大きく回転しながらどこかに落ちていくのがわかった。

事故。

こんなふうに——自分の人生は——終わるのか——!

いやだ!

次の瞬間、身体全体に大きな衝撃を感じ、由貴也の意識はブレーカーが落ちるように暗くなった。


まぶしい。

由貴也はそう思い、眉を寄せた。

光が目に刺さり、ずきずきと痛む。

それでも目を開けなくてはいけないような気がして、なんとか数度瞬きすると——

ゆっくりと焦点が合った先に、見慣れない天井があった。

凝った木目の格子模様。

ここは、どこだろう……？

どうやら自分は仰向《あおむ》けに寝ているらしい。

身じろぎしようとして、由貴也は身体がおそろしく重いことに気付いた。

手足が上手く動かない、が……布団の中の手をなんとか握り、開き、それからゆっくりと布団の中で動かしてみる。

縛られてはいない。

いや、どうして手が縛られているかもしれないなどと思ったのだろう。

考えようとするが、頭ががんがんする。

いったい自分はどうしたのだろう。

と……。

「お目覚めですか」

低い声がして、横から誰かの頭が出てきた。

横たわる由貴也を覗き込んでいるようだ。

あご髭《ひげ》をたくわえた、老人だが……前合わせの、着物のようなものを着ていて、髪は頭頂部でまとめられ、そのまとめた部分に何か布のようなものを被《かぶ》せている。

見慣れない感じもするが、どこかで見たことがあるような気もするヘアスタイル……どこで見たのだろう……？

老人は由貴也の手首に触れ、それからそっと、首のあたりにも触れた。

「私がおわかりになりますか？」

そう尋かれても、由貴也には、相手が誰だかわからない。

ここがどこなのかも。

そもそも、どうして自分がこうして横たわっているのかも。

「声はお出しになれますか？　ご自分の名前をおっしゃってみてください」

名前……？

由貴也は自分の名前を思い浮かべようとして、なんだか頭の中に霧がかかったような感じがすることに気付いた。

よしもとゆきや、という名前のような気もするのだが、なんだか自信がない。

「お名前を」

老人が再び促し、何か答えなくてはいけないと由貴也は声を出そうとして、喉が痛いことに気付いた。

風邪を引いたときのようなひりひりする感じではなく、もっとこう、重い……喉や舌が腫れ上がって声の出口を塞いでいるような。

そう意識した途端に、呼吸も少ししづらいような気がしてくる。

老人が気遣わしげに、どこか不安げに由貴也の顔をじっと見つめている。

服装は奇妙だが、この老人は医師で、ここは病院なのだろうか？

何か答えなくてはと思うのだが、喉は痛いし。自分の名前に自信がないしで、声を出せない。

すると、老人が眉を寄せて背後を見た。

「これは……疑わしいかもしれませぬ」

「そんな……！」

誰か年配の女性の声がしたが、首を動かせないので姿は見えない。

「見極めてもらう必要がございますな」

老人がそう言って身体を起こし、視界から消える。

「お待ちください、そんな」

「これは決まりです。もし呪われしものだったら、大変なことになりますよ」

会話が遠ざかっていき……由貴也は再び目を閉じた。

これは夢だ。

なんだかおかしな夢を見ているのだ。

老人の言葉はちょっと古めかしいいし……着ている服も変だ。

なんとなく見たことがあるような雰囲気ではあるのだが、いつ、何で見たのだったか。

とにかく何か考えようとすると頭が痛む。

由貴也は目を閉じた。

次に目を開けたら、きっとこの夢からは覚めていることだろうと思いながら。

少し眠っただろうか。

「起きろ」

声がした。

「起きろ、目を開けるのだ」

低く抑えてはいるが、芯のある、よく通る声。

聞き覚えがあるような気もするが……誰の声だっただろう。

瞼《まぶた》が重い、身体も重いのに、どうして目を開けなくてはいけないのだろう。

「目を開けろ！」

声が強くなり、由貴也は仕方なく目を開けて……はっとした。

光。

力強く温かい、金色の、眩いほどの光が、由貴也の視界いっぱいに満ちている。

瞬きをすると、それはゆっくりと人の姿になった。

若い……由貴也よりも少し上くらいに見える、男だ。

艶のある、横分けの、少し癖のある黒い髪は肩のあたりまで垂れ、後ろ半分を首のあたりで結んでいるようにも見える。

着ているものは、最初の白い髭の男が着ていたような和服の上に、丸襟の上着のようなものを着ていて、光沢のある灰色の生地の胸のあたりに、朱色の刺繍《ししゅう》がほどこされているようだ。

そして、その顔。

――なんて美しいんだろう。

由貴也はそう思いながら男の顔を見つめた。

少し面長で、鼻筋が通り口元がしっかりとした、男らしく端正な顔立ち。

眉は黒く直線的で、そしてその目は――

金色だ。

金色の目だ。

美しい光を放つその目が、優しく穏やかに、力強く、由貴也を見つめている。

この目は知っている。

でも……誰だっただろう……?

由貴也は目の焦点が上手く合わないような気がして瞬きをし――

はっとした。

いや、違う。

自分を見つめているのは、黒い瞳だ。

どうして金色に見えたのだろう。

そしてその瞳に優しさや穏やかさなどはまるでなく、厳しく冷たい。

それは、見知らぬ男だった。

「俺を見ろ」

見知らぬ男が強く言って由貴也と視線を合わせ……

その瞬間、由貴也は身震いをした。

怖い。

どうしてだかわからないが、この男が怖い。

胸の奥底からせり上がってくる恐怖感。

何か危害を加えられるかもしれない、という怖さ……同時に、この男には決して敵わないという、劣等感と悲しさを伴った複雑な怖さ。

目をそらしたいのに、まるで力尽くで押さえ込まれているかのように、そらすことができない。

するとと男が詰問口調で尋ねた。

「お前の名は。名前を言え」

名前。

名字から？　下の名前だけ？

喉が痛くて、あまり長い音は出せそうにない。

「……う……」

由貴也は、呻《うめ》くような声をなんとか絞り出した。

まるで自分の声、自分の喉ではないようだ。

「うぎ……」

名前も上手く言えない。

息を吸って、一音ずつ区切って言い直す。

「ゆ、き……」

由貴也の「や」が、ちゃんと出てこない。

しかしその瞬間、男の背後から声がした。

「ゆき、とおっしゃいました！」

先ほども聞こえた、年配の女性の声だ。

「乳母《うば》どのは黙られよ！」

別の男の厳しい声。

そして、由貴也を覗き込んでいた男の瞳に、冷笑のようなものが宿った。

「俺にも確かにゆき、と聞こえた。それに何より、俺を見つめるこの怯えた目。この目はよく知っている。ゆきのみこで間違いないだろう」

ゆきのみこ……？

みこ、とはなんだろう、と由貴也が考えていると、男の顔が引っ込んだ。

恐怖感がゆっくりと引いていく。

替わって、白髪交じりの髪を低い位置で束ねた女性の顔が、由貴也を覗き込んだ。

先ほどから声が聞こえていた、年配の女性だろう。

誰だかわからない。

だがその、心配そうな、いたわるような優しい顔には、なんとなく見覚えがあるような気がしないでもない。

由貴也は、その女性が自分を心配してくれているのがわかり、少しでもその心配をやわらげたい気がして、弱々しく微笑んだ。

女性の顔がぱっと明るくなる。

「ほら、私を見てお笑いになりました、私が乳母だと、おわかりなのですよ！」

「そのようだな」

また別の男の声。

一体この部屋には何人いるのだろうと、由貴也はなんとか首を動かして横を見た。

部屋は病室という感じではなく……壁は板張りで、由貴也が横たわっているベッドの周囲は、木枠に薄布をかけたようなもので囲われている。

そして女性の背後、三人の男がいた。

一人はさきほどの、厳しい視線の若い男。

もう二人は中年と老年という感じで、一人は髪を頭頂部でまとめ、一人は頸《くび》の後ろで、組《くみ》紐《ひも》のようなものでまとめている。

服装はやはり、見覚えがあるようなないような不思議なもの。

「かみののみこもそうおっしゃるし、どうやらここにいるのは、呪われしものではない、本物のゆきのみこのようだ」

中年の男が重々しくそう言った。

「どうやらそのようですな」

「命を絶とうとしたことはともかく、呪われしものではなさそうで、それはよかった」

「乳母どの、あとは同じ面倒を起こさぬよう、よく気をつけられるがよい」

「かみののみこさま、ご足労をおかけいたしました」

そんな会話を交わし、そして男たちが出て行く。

乳母と言われた女性が残り、そして男たちと入れ替わりに、最初に目を覚ましたときに見た、白い髭の男が入ってきた。

「呪われしものではなくてよかったですな、ほっといたしました」

「だから私がそう申し上げたではないですか、医師どの」

ということは、白い髭の老人は医師なのだ、と由貴也はぼんやりと考えた。

乳母が尋ねる。

「それで？　みこさまは元通りにお元気になられますか？」

「あの毒をあおられたのですから、しばらくはお身体がお弱りでしょう。お父君のことを考えれば、お命が助かったのは本当に運がよかった。この薬湯で手足の痺れと喉の腫れは次第に治まるでしょうから、そのあとでゆっくりと散歩などからはじめられるのがよろしいでしょう」

「全く……どこであのような毒を手に入れられたのか」

乳母がため息をつく。

「お悩みの様子はわかっておりましたけれど、自害なさるほどのお苦しみとは……」

「まあ、ゆっくりとお心のほうも休まれることですな」

医師は乳母と由貴也双方に向かって穏やかに言って、部屋を出て行く。

残った乳母が、また由貴也の顔を覗き込んだ。

「みこさま……本当に、助かってよろしゅうございました」

由貴也はわけのわからないまま、乳母にもう一度微笑んだ。

「さあ、とにかくお休みなさいませ」

乳母は掛け布団を直し、見えない場所に引っ込む。

身体がだるく、目を開けているのも辛くて、由貴也は再び目を閉じた。

——これは、夢なのだろうか。

記憶がなんだかぼんやりしているのだが、なんとなく、車に乗っていて事故に遭ったような気がする。

誰と一緒でどこに向かっていたのかよく思い出せないのだが……

だとしたら、事故に遭って瀕死《ひんし》の重傷でも負って、意識不明の状態で見ている夢だったりするのだろうか。

それにしてもなんだか変な夢だ。

不思議な服装の人たち……そして「みこさま」という呼び方。

ああそうだ、と由貴也は思った。

乳母の服装は、奈良にある古墳の有名な壁画のものに似ているのだ。

男性の服装も、それくらいの時代の感じ。

大好きな万葉集の時代、奈良時代とか飛鳥時代とか……絵とか、博物館などで再現したものを見たことがある、あの時代の雰囲気だ。

万葉集を専門に勉強したいと望んだころもあった記憶がじわじわと蘇《よみがえ》ってくる。

だが、いずれ家業を継ぐことを考え、大学では経済を学んだのだ。

それなのに結局それは無駄に……

無駄に……

どうして無駄になったんだろうか？

思い出せない。

考えようとすると頭がずきずきしてくる。

とにかく自分の頭も身体も、今は休めることが必要なのだろう。

次に目を覚ましたときには、現実に戻って、頭もすっきりしているといいのだが。

そう思いながら由貴也は再び眠りの中に沈んでいった。


夢の中で、由貴也は狼を見た。

穏やかで優しい、金色の目。

その瞳に見つめられると、幸福感と安心感で満たされる。

そして、その背後から顔を覗かせる、不思議な快感の予感。

いや、あの快感に通じる夢の男は、逞しい人間の男の身体だった。

狼と夢の男は、同じ目をしていたような気がする。

だがその瞳が次第に色を変え……どんどん暗い色になり、漆黒に変わるのと同時に、優しさがかき消え、皮肉な笑いを帯びた冷たいものになる。

あの金色の瞳はどこに行ってしまったのだろう？

狼の姿ももやもやと輪郭が薄れ、黒髪の、鼻筋の通った、人間の男に変わる。

これは誰だっただろう。

知っているような気がするのに思い出せない。

怖いような……それでいて妙に心惹かれる、その姿。

あなたは誰？

声を出そうとしても出ない。

と、男の口が、何か言葉を発するように動いた。

だが、聞こえない。

何を言おうとしたのか知りたいのに、その姿は次第に薄らぎ、消えてしまい――


目を覚ますと、頭がすっきりとしていた。

喉の痛みもだいぶましだ。

自分が芳元由貴也であり、叔父叔母と従兄によって別荘から連れ出され、縛られたまま車に乗せられ、そしてその車が事故に遭ったらしいことまで、はっきりと思い出していた。

ではここは病院で、何か不思議な夢でも見ていたのだろうか。

だが、身体は事故に遭って大けがをしたという感じではなく、手も足も動くし、布団から出してみた手にも、かすり傷ひとつない。

それに寝ているベッドも固い木のようで、天井は病院らしからぬ木目だし、ベッドの周囲は薄布がかかった木枠……帳《とばり》のようなもので囲まれていた。

と、その帳がめくられ、一人の女性が入ってきた。

白髪交じりの髪をうなじのあたりで結い……そして、古代の壁画のような服装。

由貴也は混乱した。

夢から覚めたと思ったのに、まだ夢の中にいるのだろうか。

確かこの女性は「乳母」だ、と夢の中のことを思い出す。

「みこさま、まあ今日はお顔色がよろしゅうございますこと」

乳母はそう言って、手にしていた椀《わん》のようなものを差し出した。

「薬湯でございますよ、少しお身体を起こせますか」

飲みたい……なんだかとても喉が渇いている。

起き上がろうとしたが、背中に力が入らない。

なんとか上体を起こすと、乳母が身体を支え、椀を口元に寄せてくれる。

中に入っていた黒っぽい液体を、由貴也はゆっくりと口に含んだ。

苦い。薬湯だと言っているから、こんなものなのだろう。

だが、身体に染み渡っていくのが、とても心地いい。

喉が腫れているような感じがして少し苦労しながら、由貴也は薬湯をすべて飲み干した。

「ああ、全部お飲みになられて……」

乳母がほっとしたように言った。

「本当に、私にとってみこさまは大切な方なのですから……もう二度とこんな思いはさせないでくださいませね」

これはいったいどういうことだろう。

頭の芯はすっきりとして間違いなくこれが「現実」だという気がするのに、どう考えても現実感のない別世界にいるようにも思える。

由貴也が黙っていると、乳母が続けた。

「みかどもさすがにご心配あそばして、みこさまにいろいろ滋養のあるものをお遣わしでございますからね、早くそういうものも召し上がれるようになりませんと」

その言葉を聞いた瞬間、ふいに「みこさま」という音が由貴也の中で「皇子《みこ》さま」と変換された。

みかど……帝、という言葉からの連想かもしれない。

そして次の瞬間、「有貴皇子」という漢字が浮かぶ。

ゆきのみこ……有貴皇子。

それが自分の……この、夢だかなんだかよくわからない世界の中での、自分の名前だと、由貴也にはわかった。

帝がいて皇子がいる。

服装からしても、やはり飛鳥時代とか奈良時代とか、そんな時代にいるようだ。

だが「有貴皇子」という名前の人物があのあたりの時代にいたかどうか、覚えがない。

「それにしても」

乳母はほうっとため息をついた。

「皇子さまが『呪われしもの』にならずに済んで本当にようございました。突然、悪霊が憑《つ》いて別人になってしまうなど、恐ろしゅうございますよ。一度だけ見たことがありますが、ここがどこか、自分が誰か全くわからなくて、おかしな名前を自分の名前だと言って口走るのです。ああなると、殺されてしまうのですから」

殺されるという物騒な言葉と、おかしな名前、という言葉に由貴也ははっとした。

あの黒い目の男……彼が由貴也に名前を尋ねた。

由貴也は喉が痛くて「ゆきや」と言えず「ゆき」と言い……そして彼は「呪われしものではない」と言ったのだが……

もし「芳元由貴也」と名乗っていたら……そして「ここはどこですか？　あなたは誰ですか？」などと尋ねていたら。

それは「呪われしもの」とかいうものと判断されて、殺されていたのだろうか。

たまたま有貴皇子と同じ音だったから助かったということだろうか。

たとえ夢の中でも「殺される」のはいやなことだし、夢とは思えない現実感があるならなおさらだ。

由貴也が不安な顔をしたのを見て、乳母が安心させるように頷く。

「かみののみこさまが判定者としてお見えになったときは乳母も肝が冷えましたが、正当な判定でようございましたよ」

その瞬間由貴也の中で「かみののみこ」が「神乃皇子」と変換される。

確か嵯峨《さが》天皇か誰かの皇子時代の名が「神野《かみの》皇子」だったと思うが、「神乃」という字の人物は思い当たらない。

それでも「神乃」で間違いない、と感じる。

この確信はなんなのだろう。

まるで自分の中に、自分以外の……この世界を知っている誰かの記憶があるような感じだ。

呪われしものの判定ができる神乃皇子という人は、どういう人なのだろう。

同じ「皇子」とはいっても、古代の日本では「皇子」と呼ばれる範囲は広く、兄弟や従兄弟だけでなく、もっと遠い場合もある。

彼と、自分……有貴皇子は、どういう関係なのだろう。

「神乃皇子は……」

言いかけて、由貴也は口の中がざらりとして、その名前を声に出すのを自分の中の何かがいやがっているように感じた。

「あの人は……」

「ええ、ええ、わかっております」

乳母が頷く。

「余儀なきこととはいえ、あの方をこの宮に入れなくてはならないことは、私も辛《つろ》うございました。もうお忘れなされませ」

有貴皇子と神乃皇子の間には、何か確執か隔たりのようなものがあるかのような口調。

よくわからないままに、由貴也は頷いた。

うかつなことは口にしない方がいい、と本能のようなものが警告している。

「さ、もう一度お休みなされませ。次にお目覚めになったときには、何か軽いものを召し上がれるようにしておきましょう」

乳母が甘やかすように言ってくれるのが心地よく、また、身体が休息を必要としているのも感じていたので、由貴也は横になった。

帳が閉じられ、静かになる。

それでも、眠ることはできず、由貴也はこの状態について考えていた。

自分は……叔父叔母とともに自動車事故に遭い、意識不明でおかしな夢を見ている、というのが一番考えられそうなことだ。

だがそれにしては現実感がありすぎる。

そして何より……あの、神乃皇子という人が気になる。

最初、あの目が金色に見えたのだ。

由貴也が何度も夢に見た、逞しい身体で由貴也を抱き締めた男の目と同じ。

そして、夢かうつつかわからないが、庭の石像が変化した狼の目とも、同じ。

何か関係があるのだろうか。

だが神乃皇子の目は、すぐに黒く、そして冷たいものに変わった。

金色に見えたのは光の加減か何かだったのだろうか。

次に目を覚ましたときにも「この世界」にいたら、彼のことをもっとよく知らなくてはいけない。そして、次に目が覚めたときにも間違いなく「ここ」にいるだろう、と……由貴也はそんな気がした。


これは現実だ。

現実として受け入れなくてはいけない。

何度目を覚ましても同じで、用心しながら何日かを過ごし、とうとう由貴也はそう思わないわけにはいかなくなった。

自分は、これまで生きてきたのと違う世界にいる。

だがその「自分」とは意識のことであって、有貴皇子という人はこの世界にずっと存在していたようで……つまり、どういうわけか由貴也の意識がこの有貴皇子の身体に入ってしまった、という感じだ。

ということは、毒を飲んで自殺を図ったらしい有貴皇子という人の意識はどうなったのだろう？　入れ替わりに事故に遭った由貴也の身体に行ってしまった、ということなのだろうか？

もしかするとそういう状態を「呪われしもの」と言うのかもしれない。

だとしたら、自分が「有貴皇子」ではない、ということは悟られてはいけないのだと、それだけはわかる。

ただ、これが過去……飛鳥時代や奈良時代なのかと言われると「違う」ような気がする。

言葉が通じるからだ。

万葉集の時代の日本語は現代語とは母音の数も違うくらいで、現代人が会話をするのは難しいはずだが、そうではない。

だが服装は、乳母や医師を見る限り、あの時代のもののようでもある。

食べ物は雑穀米のようなものや、豊富な種類の肉や魚、野菜が、多彩なおいしい料理となって漆器の椀や木の皿に盛られ、箸ではなく木製のスプーンや、尖った部分が二本しかないフォークで食べる。

古代の日本でこういうものを使っていたのかどうか、由貴也の知識ではよくわからない。

建物は木造で板敷きの上に絨毯《じゅうたん》を敷き、足のついた寝台……ベッドを使っており、帳の向こうに細い優雅なラインの、丹塗《にぬ》りの椅子が置いてあるのも見えた。

少し起きられるようになると乳母が身体を支えて連れて行ってくれたトイレは、紐を引くと上にある桶《おけ》から水が流れるという単純な仕掛けではあるが、清潔な水洗だった。

そしてどういうわけか由貴也は、そういう食べ物やトイレや、帳の向こうから乳母が差し出してくれる着替えの下着の着方などを自分の身体がちゃんと知っている、と感じた。

有貴皇子の身体に宿る、身体そのものの記憶……なのだろうか。

万葉集の時代が好きで、もし自分があの時代に生きていたら……と想像することもよくあり、現代とは違う不便なことも多いだろうと思ったのだが、今のところそれはない。

とにかく、全体としてとても心地よく快適なのだ。

由貴也の顔色がよくなり、元気になってきたと感じたのか乳母の顔も日に日に明るくなり……そしてある日乳母が、帳を開けて言った。

「さあ、これをお持ちしましたよ。そろそろそのようなご気分ではないかと」

にこやかにそう言って、手にしたものを差し出す。

由貴也は当惑した。

それは、一メートルくらいありそうな、組紐のようなものだった。

深い緑と抑えた金色の組み合わせで、少しくたびれた感じだ。

これは……

「これは、なに……？」

思わず由貴也は口に出してそう言っていた。

「……おわかりにならないのですか」

乳母が顔色を変え、由貴也はしまったと思った。

なるべくうかつな物言いはしないで様子を見ようと思っていたのに、優しい乳母の前でつい気が緩んで、わかっているべきことをわからないと言ってしまったのだ。

由貴也が「有貴皇子」ではないことを悟られてしまっただろうか。

もしかしてまたあの神乃皇子が現れて判定するのだろうか。

そして……「呪われしもの」ということになって殺されるのだろうか。

乳母はすぐに、部屋の外にいる誰かに「医師さまを」と言い、ほどなくばたばたと足音を立てて医師が入ってきた。

「どうなされた」

「皇子さまが、ご愛用の髪紐がおわかりにならないようなのです」

おろおろして乳母が紐を医師に見せる。

「これは確かに……有貴皇子さまの長年ご愛用のものですな」

医師は頷き、由貴也の側に来た。

「皇子さま、私がおわかりになりますか」

由貴也は少し迷い、「医師どの……」と小声で言った。

医師は乳母を見た。

「私のことはおわかりになる。目を覚まされたときにも、乳母どののことはおわかりでしたな。何か他に、おわかりにならないことがあったり、ぼんやりされたりということは？」

「は……はい」

乳母が不安そうに頷く。

「私が申し上げることを、よくおわかりにならないようなお顔でお聞きになったり、お好きな果物を差し上げても少し不思議そうに召し上がったりすることはおありで……」

やはり乳母は、どこか変だとは思っていたのだ。

「なるほど」

医師は頷いた。

「あの毒には、おつむりにそういう作用が出ることもあるのです。記憶がまだらに消える、と言いますか……」

「まあ」

乳母が両手で口を覆った。

「では、忘れてしまったことがたくさんおありなのでしょうか」

「そうですな……ですが」

医師は穏やかに言った。

「完全に、すべて忘れてしまったということでもありませんし、おそらく一時的なものだと思います。時間はかかるかもしれませんが、次第に思い出されるでしょう」

「それならよろしいのですが」

乳母は少しほっとしたようだ。

そして由貴也も、同じように安堵《あんど》していた。

どうやら自分は「部分的な記憶喪失」という診断をされたようだ。

呪われしものというのは、完全に別人格になってしまったことを言うようだから、それとは違うという判断なのだろう。

乳母が由貴也の手を両手でそっと包んだ。

「そういう状態でしたら、お目覚めになってからもずっとご不安でしたでしょう。もっと早くに気付いてさしあげるべきでした」

そう言いながら目を潤ませている。

この人は本当に自分を……いや、有貴皇子のことを愛し、心配しているのだ。

そう思うと由貴也の中に、この人を騙しているような罪悪感とともに、優しい感情が溢れてくる。

「ばあや……心配をかけてごめんね」

喉がまだ痛くて掠《かす》れた声だったが、その言葉は、ごく自然に由貴也の唇から零《こぼ》れ出た。

乳母は、首を振った。

「いいえ、いいえ、そのお言葉でじゅうぶんでございますよ」

「それでは、もう一度お脈を拝見しますかな」

様子を見ていたらしい医師が咳払《せきばら》いしてそう言って、乳母は由貴也の手を離し、涙を拭いながら背後に退いた。


部分的な記憶喪失という診断は、由貴也の気を楽にしてくれた。

多少言動がおかしくてもそのせいだと思ってもらえる。

だとしたら……ベッドから出たい、建物の中を、そして建物の外を、この世界を見たい。

この世界の人々と会ってみたい。

人々の中に「あの人」もいる、と由貴也は思っていた。

神乃皇子。

ずっと、あの人のことが気になっている。

最初、あの人が黄金の光に包まれているように見えた。

そして、男らしく美しい顔だちに、金色の目。

それが穏やかで優しいと感じたのに……

目が黒く見えた瞬間、恐怖がわき上がってきた。

あれはなんだったのだろう。

金色の目というのは由貴也がしばしば夢に見て、そして抱き合う、顔のわからない男のものであり、そして夢かうつつかわからない、庭の石像が変化した狼のものでもある。

恐怖など感じるわけがない。

それどころか……あの甘やかな幸福感、そして紛れもない快感は、あの夢の男が与えてくれたものだ。

夢の男と……神乃皇子に、何か関係がある、ということはあり得るのだろうか。

これだけ意味ありげな「金の瞳」が、それぞればらばらでなんの意味もないと考えるほうが不自然な気がするほどだ。

だがその「意味」がわからない。

だから由貴也は……とりあえずもう一度、彼に会いたい、と思っていたのだ。

こうやって一人で黒い瞳の神乃皇子のことをあとから思い出しても、恐怖は感じない。

あの瞬間、勝手に、まるで由貴也のものではないかのよう湧き上がってきた恐怖は、もしかすると……有貴皇子の記憶、有貴皇子の感情だったのだろうか。

だとすると二人はどういう関係なのだろう。

もう一度あの人に会ったら……やはり怖いと感じるのだろうか。

とにかく、まずはベッドから出ることだ。

「ばあや、そろそろ起きてみたいんだけど」

由貴也がそう言うと、

「その言葉をお待ちしていました」

乳母は嬉しそうに言って、あれこれ支度をしはじめた。

最初に、いい香りのついた固く絞った布を帳の向こうから差し出され、それで身体を拭くと、さっぱりとして気持ちがよくなる。

それから、やはり帳の向こうから順番に衣服が差し出される。

和服の肌着のような白い下着をつけ、ゆったりとした、くるぶしの上で窄《すぼ》まっている絹のような感触の白いズボンを穿《は》く。

次に薄い襦袢《じゅばん》のようなものを重ね、最後に淡い緑地に白と銀で刺繍がほどこされた丸襟の長い上着を着て、襟元と脇で紐を結び、ウエストをたるませて細い帯で結ぶ。

由貴也は無意識に自分で襟元の紐をきちんと結びながら、なんだか変だ、と思った。

手が勝手に動く。

身体が覚えている、という感じだ。

服を着終わると帳を開けて乳母が入ってきて、櫛《くし》で髪を梳《す》いてくれる。

有貴皇子の髪はもともとの由貴也の髪と似た、茶色がかった腰のない細い髪のようだが、背中まで垂れるほどに長い。

それから乳母は、あの紐を差し出した。

由貴也がなんだかわからなかった、あの紐だ。

黙ってそれを受け取った瞬間、由貴也ははっとした。

——悲しい……辛い……消えてしまいたい。

そんな感情がその紐からはっきりと伝わってきたのだ。

これは、有貴皇子の気持ちだ、と由貴也は思った。

それではこの世界でも、自分のあの……誰かの持ち物から感情を読み取れる力は失われていないのだ。

有貴皇子という人は、何をそんなに辛いと思っていたのだろう。

「……皇子さま？　どうかなさいましたか？」

乳母が怪訝《けげん》そうに尋ねたので、由貴也は慌てて首を振った。

この力のことも悟られないほうがいい。

「なんでもないよ」

「それでは」

乳母が由貴也の前に鏡を差し出した。

そこに……自分が、いた。

鏡なのだから自分の顔が映っているのは当たり前なのだが……由貴也にはそれが「有貴皇子」の顔であるとわかった。

芳元由貴也である自分の顔と、似ている。

目が大きく、寂しげな印象を与えるところは同じだ。

だが少し違うようでもある。

顔そのものが由貴也よりも少し面長で、眉は由貴也よりも細く長いし、唇もわずかにふっくらしている気がするし……耳のかたちも違うような気がする。

印象は似ているが、並べてみると「違う」と感じるであろう顔立ち。

それでも由貴也は、これは「自分の顔」だと思った。

そしてもう一つ。

日本の古代に、こんなにクリアな鏡は存在しなかったはずだ。

ここはやはり、全くの「別世界」なのだ。

「私がいたしましょうか」

乳母がまた尋ねたので、由貴也は首を振った。

髪を、この紐で結うのだ。

手が覚えている……なんとなく、そんな気がする。

長い髪を右側に寄せ、右耳の後ろあたりで一つにまとめ、そこに紐を巻き付けていく。

前に回すと胸まで垂れる長さの髪の、毛先は最後に紐の中にきちんと収める。

何百回も繰り返してきたように、自然にそれができた。

前髪の一部だけが短く、額に斜めに流れている。

「さあ、それではお沓《くつ》を」

乳母がベッドの脇に揃えてくれたのは、先端が少し反った、革のショーツブーツのようなものだった。

やわらかく、履きやすい。

それを履いて由貴也は立ち上がり、部屋を見回した。

帳に囲まれたベッドは、広い部屋の真ん中に置かれていたのがわかった。

窓は障子のような格子で、半透明のガラスが嵌《は》められている。

鏡と同じく、古代の日本にはなかったはずのものだ。

もっと他のものを見たい。

「部屋の外へ出てもいい？」

由貴也が尋ねると、乳母は頷いた。

「もちろんでございます」

由貴也はゆっくりと戸口のほうに歩んだ。

最初は少しふらつくような感じがあったが、すぐに足はしっかりとしてくる。

部屋の出口にあるのは、凝った彫刻がほどこされている木製の引き戸だ。

外に出ると、広く長い廊下が左右に広がっている。

足は自然に右に向き、由貴也は、やはりこの身体がこの建物を知っているのだと感じた。

建物は木造で、直線的ではあるが繊細な構造で、あちこちに透かし彫りがほどこされ、細部まで凝っている。

廊下を歩くとすぐに少し広い部屋に出た。

角になる二面に大きな窓があり、布張りの……ロールスクリーンに似たすだれのようなものを通して、明るい光とやわらかな風が入ってきていた。

床には織物が敷かれ、部屋の真ん中には骨組みの細い、黒漆塗りのテーブルや椅子が置かれている。

「よく歩きになれますね」

ついてきた乳母が嬉しそうに言った。

「医師どのは、しばらくは杖《つえ》が必要かもしれないと言っていたのですよ」

「足は……大丈夫そう」

由貴也は自分の足元を見て、言った。

「このまま、外に出てもいいかな」

外の世界を見たい。

「それでは、どうぞお庭へ」

乳母はそう言って、窓にかかっていたロールスクリーンのような布張りのすだれをくるくると巻き上げてくれる。

そこは広い縁側になっていて、そこから直接庭に出られるようになっていた。

由貴也はゆっくりと歩み、縁側の下に置かれていた大きな石に足を乗せ、そして地面に降りた。

「ああ……きれいだ」

由貴也は庭を見回して、思わずため息をついた。

それは、広く美しい庭だった。

一見、手を入れていない自然の野原をそのまま持ってきたように見えるが、その実とても入念に草花が配されているとわかる。

萩《はぎ》や姫百合《ひめゆり》、馬酔木《あせび》など、万葉集に詠まれている植物もたくさんある。

別荘の庭に似ている、と由貴也は思った。

あの別荘の庭は小川が横切っていた。ここにはそれはないが、水が湧き出している小さな泉がある。

水がある場所は好きだ。

川や湖や、海など、もともと水辺は好きだった。運動全般は苦手だが泳ぐのだけは好きだったのだ。

別荘に軟禁されてからは小川だけが心を癒やしてくれるもので、あそこをビオトープのように手入れしていたのだが、ここにも共通する雰囲気がある。

一見自然の野原と錯覚しそうだが、低い生け垣に囲まれているので「庭」だとわかる、という感じだ。

虫やその他の小さな生き物や、もしかして、アマガエルなどもいたりするだろうか。

泉の周囲にそれらしい姿はないが、どこかに隠れているだけかもしれない。

そしてここは、空気がおいしい。

季節は初夏だろうか、日差しは明るく、木々や草花が放つ香りが全身を包み、泉から水が湧き出すかすかなささやきが耳をくすぐる。

春過ぎて夏来たるらし……有名な万葉集の初夏の歌が頭に浮かぶ。

空気はまさに、あの雰囲気。

美しい世界だ。

この庭の外は……この世界の街並みなどは、どうなっているのだろう。

由貴也はそう考えながらゆっくりと生け垣に近付いていった。

生け垣の向こうには、広々とした世界が広がっていた。

土が踏み固められた道が見える。

それはゆるやかな下り坂に見え、ずっと下っていくと、広い通りにぶつかって、木造の建物が両側に並ぶ街並みがはじまる。

ここは街のはずれの少し高台になった場所らしく、街全体が見渡せる。

美しい、と由貴也はまた思った。

碁盤の目状に整然と建物が並び、黒い瓦屋根が陽光に鈍くきらめいている。

手前の建物はほとんどが二階建てのようで、そのせいか空がとても広い。

散在する木々の緑がアクセントとなり、単調さはない。

そして遠く……奥へ行くほどに、高い建物が増えていく。

五重塔のようなものがいくつか並んでいたり、大きな寺院のような、屋根の端が反り返ったかたちの建物があったり。

そして、人々。

ここからは一人一人のはっきりした様子はわからないが、大勢の人がにぎやかに行き交っているのがわかる。

徒歩……そして、馬に乗る人もいる。

と、一頭の馬が広い通りから、こちらに向かう道に入り、坂を上ってくるのが見えた。

馬上に一人、そして傍らを歩く人が一人。

美しい栗毛の、サラブレッドよりは少し小柄な馬だ。

馬が近付くにつれ、人の姿もはっきり見えてくる。

馬の横を歩いているのは、由貴也が着ているのと基本的なかたちは同じ、しかし地味な色合いの無地の服を着た男だ。

頭頂部で結った髪を布で包んでいる。

そして馬上の人は、肩幅の広い男らしい体格で、ぴんと背筋の伸びた背の高い男だとわかる。

鈍色の服を着て、黒い髪が顔の周囲に垂れ、後ろ半分だけをひとつに結っているように見える。

見覚えがある、と由貴也は思い、次の瞬間、誰だかがわかった。

あの人——神乃皇子だ……！

ずっと気になっていた、あの神乃皇子が、こちらに向かってくる。

目は、金色だろうか黒だろうか。

そんな疑問が頭をよぎる。

こちらに気付いたのか、馬は真っ直ぐに由貴也に向かって歩んできて、そして、止まった。

生け垣越しに、由貴也と神乃皇子の目が合う。

その目を見て由貴也は、背筋にひやりとしたものが走るのを感じた。

黒い目だ。

感情のわからない……いや、敢えて言うなら静かな怒りを含んだような瞳。

由貴也は、足が震え出すのを感じた。

怖い。

背中を覆うように恐怖感が這《は》い上がってくる。

まただ。

これは由貴也自身の感情ではない……由貴也の中の、有貴皇子が怖がっているのだ、と感じる。

その有貴皇子の怯えが由貴也の感情を圧倒してしまって、身体も動かせない。

神乃皇子は、そんな由貴也の様子を見て唇の片方の端をちょっと上げた。

苦々しい笑み……軽蔑……嫌悪？

この人は……有貴皇子が嫌いなのだ、と由貴也は感じた。

そして有貴皇子は、この人をとにかく怖がっている。

「起きられるようになったのか」

そう言った神乃皇子の声は、冷え冷えとしていた。

「……あ」

由貴也は声を出そうとしたが、喉に何か大きな塊がつかえて邪魔をしている。

「俺が呪われしものではないと判定した手前、時折様子を見て確認しなければと思ったのだが、やはり有貴皇子その人に間違いないな」

神乃皇子は皮肉な調子で言葉を続ける。

「帝にもそのように申し上げておく。どうせ、帝に直接詫《わ》びを申し上げるようなこともできないのだろう？」

そう言われても由貴也が言葉を出せずにいると、神乃皇子は苛立《いらだ》ったように眉を寄せた。

「先帝の皇子がこの有様では、周りのものたちも情けなかろう。父帝を失ってからふぬけのようになって宮に閉じこもり、挙げ句の果てに自害、しかもそれすら果たし損なうとはな」

そう言ってから、苦々しそうな笑みになる。

「いや、ふぬけであったのはその前からか。先帝もたった一人の皇子がお前で、さぞかし歯がゆく思われていたことだろうな」

由貴也は、その言葉の意味を理解しようともがいた。

有貴皇子は先帝の皇子で……ふぬけで……宮に閉じこもって、そして自殺未遂。

何がそんなに有貴皇子を苦しめていたのか。

そしてこの神乃皇子は、どうしてそんなにきつい言葉で有貴皇子を責めるのか。

だがとにかく、有貴皇子の恐怖に身体が縛られたようになって、言葉が出てこない。

神乃皇子はそんな由貴也を見て眉を寄せると、

「今までどおり、殻に閉じこもってただただ怯えて生きていくのなら、誰も邪魔はしない。ただ、二度と今回のような騒ぎは起こすな。迷惑だ」

その冷たく吐き捨てるような声に、由貴也の中の何かが反発した。

ひどい。

有貴皇子には有貴皇子にしかわからない悩みや苦しみがあっただろう。

由貴也だって、父の後継者に向いていないと自覚していて、周囲の期待が重かった。

それでもなんとか義務を果たそうとして頑張ったつもりだったけれど、あのまま自分が会社を継いでいても、本当にうまくやっていけたかどうかわからない。

叔父の言いなりにあの別荘に軟禁されたのも……弱すぎると責める人もいるだろう。

だが内気で気弱に生まれついてしまったのはどうしようもない。

「……あなたには、わからない……っ」

絞り出すような声が、出た。

「なに？」

神乃皇子が眉を寄せる。

「俺にはわからない、と言ったのか？」

「ええそうです」

由貴也は渾身《こんしん》の力で自分の中にある有貴皇子の恐怖を払いのけ、神乃皇子を真っ直ぐに見つめた。

「生れつき強い人にはわからないっ」

この神乃皇子は、堂々とした男らしい顔と身体を持ち、心も強靭《きょうじん》なのであろうと、一目見ればわかる。

そういう強い人が、どうして弱い人をそんなふうに責めることができるのか。

「ほう」

神乃皇子は少し目を細めた。

それがどこか、意地の悪い笑みにも見える。

「どうやら、俺に言い返す勇気をどこかから引きずり出してきたのか。だったらもっと早くその勇気を見つければよかっただろうに、今さら遅い」

唇を嚙《か》みしめている由貴也をじろりと見て……

「帰るぞ」

神乃皇子は傍らの従者にそう言い、さっと馬の向きを変えた。

そのまま馬を走らせ坂を下っていき、従者が慌てて走って後を追う。

由貴也はへたへたとその場に座り込んだ。

「皇子さま！」

庭に降りた有貴皇子を少し離れたところから見守っていたらしい乳母が駆け寄ってくる。

「大丈夫でございますか！」

乳母が由貴也の両肩を背後から抱き締め、由貴也は次第に震えが収まるのを感じた。

「全くあの方は……側の者を通しもせず、直接このように皇子さまにお話なさるなど……皇子さまがどれだけあの方を恐れておいでなのか、ご存知でしょうに！」

乳母は憤慨している。

「兄である、皇子さまのお父上を弑《しい》し奉って帝位に就かれた方の息子を、皇子さまがお避けあそばすのは当然でございます！」

由貴也は、乳母の言葉にはっとした。

兄である有貴皇子の父を、弟である神乃皇子の父が殺して……帝位に就いた？

そして神乃皇子は、その帝の息子……？

その構図には、なんだか思い当たる、当てはまることがあった。

由貴也の父が、前の帝で。

父の義弟である叔父が、今の帝の立場ということか。

いや、今の帝は前の帝の義弟ではなく実の弟のようだし、叔父は父を殺して事業を奪ったわけではないが、構図としてはそういうことだ。

だとすると神乃皇子は、有貴皇子の叔父の息子……従兄。

由貴也にとって決していい印象のなかった……いやそれどころか、最後には由貴也をどこかに連れ出して殺そうとまでした、あの信司と同じ位置にいる。

どういうことだろう。

芳元由貴也と有貴皇子の立場には、偶然ではすまない共通点があるのだろうか。

もしそうだとすると、神乃皇子もまた、有貴皇子を殺そうとしたことがあるのだろうか。

記憶をまだ部分的に失っているふりをして乳母と会話をしながら、由貴也はようやく、有貴皇子のこれまでの生活を把握した。

有貴皇子は「追いやられた皇子」だった。

本来なら前《さき》の帝の長子として、有力な次の帝候補だったのだ。

だが内気で気弱な性格を危ぶむ声も多く、大事な「何か」が欠けていたことから父帝も慎重になり、立太子には至っていなかった。

その「何か」を乳母ははっきり言葉にしないので、由貴也にはよくわからないが、とにかく次の帝になるための資質に欠けていると見られていたのだろう。

そして父帝は急死し、弟に毒を盛られたのだと噂《うわさ》されたが、その弟は間を置かずに即位して次の帝となり……

有貴皇子は一時幽閉され、次の帝の大きな脅威にはならないとみなされて幽閉は解かれたものの、都の外れにあるこの小さな宮に自ら閉じこもるようになったらしい。

それが八年前、有貴皇子がまだ十五歳のころ。

中学生か高校生くらいの年で、父の後継者としての資質に欠けると判断され、父を毒殺され、敵がその後を継ぎ……

その後は八年間、有貴皇子は自ら引きこもってきた。

八年は長い。

由貴也はたった半年、あの別荘から出られなかっただけでどうにかなりそうだった。

彼は本当に、閉じこもって生きていくことを望んでいたのだろうか？

そうではないはずだ。

もしそうだったら、命を絶とうなどと考えないはずだ。

その夜、髪を解いてベッドに入ると、由貴也は髪紐を握りしめた。

（有貴皇子……僕は余計なことをした？）

自分の中に存在を感じる、有貴皇子に話しかけてみる。

神乃皇子に言い返すなど、有貴皇子は望んでいなかっただろうか。

反応はない。

神乃皇子に恐怖を感じ、そのままどこかに消えてしまったかのように。

だが静かに目を閉じて髪紐に集中していると、じわりと胸の奥底に、何かを感じた。

（悔しい）

（僕にだって……力があれば）

輪郭はぼやけて漠然としているが、間違いなくそう感じる。

やはり有貴皇子だって、強くなれるものならなりたかったのだ。

でもそれが、できなかった。

由貴也と同じだ。

ただ由貴也は、あの狼の言葉に背中を押された。

戦え、と。

自分自身の弱さと戦え、と。

そして、自分の中に毅然として誇り高いものがある、と言われたのが嬉しかった。

結果的に、別荘の売却をしたい叔父叔母に逆らってあんなことになったと考えると、戦い方が正しかったのかどうかはわからない。

それでも、強くならなければいけないという気持ちは変わらない。

（……あなたが辛いのなら、あなたの代わりに僕が戦っても構わない？）

由貴也は再び、自分の中の有貴皇子に尋ねた。

（この世界で、僕がこうしてあなたとして生きていかなくてはいけないのなら……違う生き方をしてみてもいい……？）

芳元由貴也の生き方は失敗だったかもしれない。

だがここでこうして、有貴皇子として別の人生を生きるチャンスを与えてもらえたのなら……内気で気弱であることを理由に、同じような受け身の生き方をしたくない。

有貴皇子の反応はなかった。

だがそれを由貴也は、拒絶ではないように感じた。

(だめだと思ったら言ってね)

有貴皇子が本当に自分の中にいるのかどうかわからない。

ぼんやりとした「身体に宿る記憶」だけで、有貴皇子その人の魂はもう存在していないのかもしれない。

それでも、神乃皇子を前にして覚えた恐怖のような強い拒否反応がないのなら、やれるだけのことをやってみよう、と由貴也は思った。


「今日は宮の外に出たい」

由貴也がそう言うと、乳母がもう驚くのもやめた、という顔で頷いた。

「皇子さまがそうなさりたいのでしたら、ようございましょう。供を一人お連れなさいませ」

都の地理には不案内なので、供がいるのは助かる。

有貴皇子の宮は乳母がすべてを取り仕切り、その下に侍女が二人、下働きの婢《はしため》と下男が三人ずついるだけだ。

皇子の宮としてはかなりの小所帯といえるのだろう。

その下男の一人である老人を供に、由貴也ははじめて宮の外に出た。

外は思ったとおり、気持ちがよかった。

世界が広く明るい、と感じる。

門の前のゆるやかな坂を下り、都の街並みに近付いていく。

都は碁盤の目状に整備されている。

木造の建物はしっかりとした造りだし、通りは固く踏み固められている。

道行く人の服装は、簡素ではあっても粗末な感じや不潔な感じはない。

庶民の服装は由貴也が着ているものと違って無地のものが多く、裾も短いが、基本的なかたちは同じだ。

男はゆったりしたズボンを穿き、女は和服の上からエプロンかスカートのようなものをつけたような感じだ。

そして髪型は男女とも、縛ったり垂らしたり、結っていても二つに分けたり一つに縛ったり、ゆるく輪を作ったりと、驚くほど多彩だ。

荷車を引く人とすれ違い覗き込んでみると、みずみずしい野菜や果物などが山ほど積まれているし、背負い籠の中に布地をぎっしり入れて運んでいる人もおり、何よりとにかく、人々の表情が明るく、そして賑《にぎ》やかだ。

豊かで美しく……そして生命力に溢れた世界。

この世界の人々は、あの万葉集のような、力強い歌を詠むのだろうか、と思ったとき。

前方で悲鳴のようなものがあがり、由貴也ははっとした。

人々の群れがさっと左右に分かれ、通りの真ん中を、馬がおそろしい勢いで走ってくる。

よけなくては、と思ったとき……由貴也の前方で一人の老人が引いていた荷車が、急いで馬を避けようとして横に倒れた。

「うわあっ」

老人が悲鳴をあげ、積み荷が道に散らばる。

さすがに馬も驚いたように前足を上げて止まり――

そして由貴也は、馬上にかなりがたいのいい一人の男が乗っているのに気付いた。

「邪魔だ！　馬が怪我をしたらどうしてくれる！」

馬上の大男が荷車を倒した老人を怒鳴りつけた。

老人は「申し訳ありません」と道に平伏し、人々も無言でその様子を見ている。

そんな、どう見ても、乱暴に馬を走らせてきたほうが悪いのに。

だがどうやら身分も高く力もありそうな男に対し、庶民は何も言えないのだろうか。

馬上にいた大男は手にしていた馬用の鞭《むち》を振り上げ、老人に向かって振り下ろそうとし
――

由貴也は、馬の前に飛び出していた。

「やめろ！」

大男が驚いたように鞭を振り上げたまま、手を止めた。

由貴也は自分の思い切った行動に驚きながらも、今更引くに引けず、大男を精一杯睨《にら》み付け、言った。

「荷車が倒れたのはあなたを避《よ》けようとしたからなのに……！」

声が震えないように、と思いながら。

周囲は、しんと静まり返っている。

「お前は誰だ」

大男はゆっくりと鞭を持つ手を下ろしながら、不愉快そうに顔を歪《ゆが》める。

「見たことのない顔だが、どこぞの田舎貴族の子弟か？」

横柄な口調でそう言うと……

「どけ！」

大声でそう叫ぶと、もう一度鞭を振り上げた。

打たれる、と思い由貴也は荷車の老人を庇《かば》いながら目を瞑った。

と……

「往来でなんの騒ぎだ」

静かな声が響き、由貴也ははっとして顔を上げた。

もう一頭の馬が大男の馬に寄せられ、そしてその馬に乗った男が、鞭を持った大男の腕をがっしりと摑んでいた。

――神乃皇子だ。

神乃皇子が、大男を止めている。

「……これは、神乃皇子」

大男が虚を突かれたように言って、神乃皇子が摑んだ腕をゆっくり離すと、大男はしぶしぶ鞭をおろした。

「宇治木《うじき》の苫《とま》どのではないか」

神乃皇子は大男に向かって言い、それから、ひっくり返った荷車と老人、そしてその前に立ち塞がっている由貴也を見て、面白がるように唇の端を上げた。

「そなたが打とうとしていた相手はどうやら有貴皇子のようだが、どういういきさつだ？」

大男がぎょっとしたように由貴也を見る。

「有貴……皇子？」

「ああ、苫どのは顔も知らぬか、先帝の皇子だ」

さらりと言われた神乃皇子の言葉に、さっと由貴也の周囲にいた人々が一歩下がったのがわかった。

大男は由貴也と神乃皇子を交互に、戸惑ったように見た。

「いや……しかし……有貴皇子といえば……」

「そうだな、後ろ盾もなく、野心も気概も持たないひ弱な皇子で、もう何年も宮の外に出たこともない引きこもり……のはずだが」

神乃皇子が由貴也をじろりと見下ろす。

「どうしてまたこんなところで……しかも何か、騒ぎを起こしているのか」

冷たい、軽蔑を含んだ口調。

胸の中にまたあの、有貴皇子の感情であるらしい、神乃皇子への恐怖感がじわりと沁《し》みだしてくる。

しかし、どうして自分がこんな物言いをされなくてはいけないのか、という理不尽さへの由貴也の怒りのようなものが、その有貴皇子の恐怖感を押さえつけた。

そうだ、有貴皇子の代わりに強くなると、決意したばかりのはずだ。

由貴也は真っ直ぐに神乃皇子を見て、言った。

「騒ぎを起こしたのは僕ではありません」

「……ほう?」

神乃皇子が、片眉を上げる。

面白い、続けてみろ、とでもいうように。

「その人が」

由貴也は、宇治木の苫と呼ばれた大男を指さした。

「馬をすごい勢いで走らせてきて、避けようとしてこの人の荷車が倒れたのに、鞭で打とうとしたんです」

神乃皇子は、倒れた荷車と老人に視線をやってから、宇治木の苫を見た。

「そうなのか」

「違う、荷車がわざと邪魔な場所に出てきて、俺の馬が驚いたのだ」

宇治木の苫が強い口調で言い、

「ち——」

由貴也が反論しようとしたとき。

「その男の言うことは嘘《うそ》だ！」

周囲の人々の中から声が上がった。

「そうだ！」

「じいさんは避け損ねたんだ」

「あんな勢いで走ってこられたら避けられるわけがない」

「そうだそうだ、あたしだって転びそうになった」

口々に人々が声をあげはじめる。

「なのに、じいさんを打とうとして」

「その皇子さんが庇ってくれなかったら打たれていたんだよ」

「そうだ、その皇子さんの言っていることが本当だ！」

人々があげる声が、背中を支えてくれているように由貴也は感じた。

「苫どの？」

神乃皇子が、どこか面倒そうに宇治木の苫を見やる。

宇治木の苫は唇を噛み……

「だったら俺の勘違いなのだろう。怪我人が出たわけでもないのに、うるさい連中だ！」

吐き捨てるようにそう言って、馬の手綱を乱暴に引き、向きを変えた。

「神乃皇子どのも、こんな細かいことに首を突っ込まれるほどお暇ではなかろうに。失礼する！」

そう言って馬に鞭をくれ、人々が慌てて道を空けると、その隙間を走り去っていく。

「片付けぐらい手伝いやがれ！」

「そうだそうだ！」

その背中に、人々が声をかけ……そして皆で荷車を起こし、散らばった荷を拾い始めた。

「あ……あの」

助け起こされた老人が、由貴也に向かっておそるおそる言った。

「あ……ありがとう、ございました」

「いえ」

由貴也は首を振った。

「怪我がなくてよかった……どうぞ、お気をつけて」

早口にそう言ってから、その場を離れる。

「み……皇子さま」

由貴也の供をしていた下男が慌てて後を追ってきた。

どうしていいかわからず様子を見ていたのだろう。

まさか「有貴皇子」があんな行動に出るとは、下男にとっても驚きだったに違いない。

由貴也も今になって、心臓がばくばくと音を立て、手足が震え出すように感じる。

神乃皇子の登場でいい方向に収まったが、一歩間違ったら老人も自分も、鞭で打たれていたかも知れない。

馬の鞭で打たれるということがどれだけ痛いものなのか想像もつかないが、身体だけでなく心もきっと、ひどく傷ついただろう。

「待て、おい、有貴皇子」

神乃皇子の声と、馬の足音が由貴也を追ってきて、そして栗色の美しい馬が、由貴也に並んだ。

「お前、どういうつもりだ」

神乃皇子の声は、相変わらず冷笑のようなものを含んではいたが、嫌悪よりは好奇心のほうが勝っているように聞こえた。

「宮の外に出たのは何年ぶりだ？　このまま忘れられた皇子になったほうがお前だって楽だったろうに、この間といい、死に損ねてどうにかなったか」

由貴也はその言葉の中に棘を感じ、思わず足を止めて神乃皇子を見上げた。

日の光を斜に受けた神乃皇子の目は、冷え冷えと黒い。

やはりこの人は、夢の中の男とも、あの狼とも違う。

心が弱い有貴皇子を軽蔑し、嫌っている。

でも、心が弱いのはその人のせいではない……生まれ持った本質を変えるのは本当に大変なことなのだ。

「今更何かを企んでも遅いのだぞ」

企む……何を？

よくわからない話には反応しないほうがいい、と由貴也は思いながらまた歩き始める。

すると……

「毒のせいで思い出せないことがある、と医師が言っているようだが」

並んで馬を進めながら神乃皇子がさらに続けた。

「まるで人が変わったようなのも、そのせいなのか」

由貴也はぎくりとした。

人が変わった。

それはあの……「呪われしもの」だと疑われているのだろうか。

この世界は、由貴也が知っているいわゆる日本の古代とは違うらしい、ということはわかってきている。

「呪われしもの」という概念もそうだ。

乳母が少し詳しく話してくれたところによると、病気や大怪我などで意識を失ったときだけでなく……朝目覚めたら突然「ここはどこだ」などとパニックを起こす場合もあり、聞いたこともない名前を口走り、ときには言葉そのものが全く通じないこともあるらしい。

そう頻繁に起こることではないようだが、人々はとても恐れている。

そして気がついたら有貴皇子の身体の中にいた由貴也は、まさにそれに当てはまる。

たまたま「ゆき」という音が同じだったこと、部分的記憶喪失を招く毒をあおっていたことで助かったのだ。

そして、それを判定できる人がいる。

神乃皇子だ。

どうやって判定するのか、判定できる人が他にもいるのかどうかわからないが、とにかく神乃皇子は、由貴也が「有貴皇子」だと二度にわたり確かめた。

もし……「やはり違う」と、三度目の判断が下されたら？

有無を言わさず殺されてしまうようなことになってはいけない。

しかし。

「面白い」

神乃皇子は馬を止めた。

「それが本来のお前だというのなら、どれだけのことができるのか見せてもらおう」

それは、「呪われしもの」と疑っているのではなく、有貴皇子が変わったことを認めている言葉のように聞こえる。

だがこれ以上危険は冒さないほうがいい、と由貴也が無言で歩いていると、馬を止めたまま、神乃皇子は背後から言った。

「帝が、旧都に行幸される。お前が変わったというのなら、今回こそは供奉《ぐぶ》するがいい」

帝が？

旧都に行く……そして神野皇子は、由貴也に供をしろと言っている。

旧都というのはどこのことだろう。この世界でも日本の古代のように、帝が変わるたびに都遷《みやこうつ》りをしているのだろうか。

だとすると……旧都、とは先代の帝……有貴皇子の父の都なのだろうか？

由貴也はもっと詳しく聞きたいという気持ちをぐっと堪《こら》えた。

ここで神乃皇子にあれこれ質問すると疑われそうだ。

宮に帰って乳母に尋ねたほうがいい。

「逃げるなよ！」

背後から神乃皇子の声が聞こえ、そして馬が走り去るのがわかった。


「皇子さま」

宮に戻ると、乳母が出迎えた。

「お留守の間に、帝からのお使いがお見えでした。旧都に行幸なさるということで、皇子さまにどうなさいますか、と」

神乃皇子が言ったとおりだ。

「いつも通りお断りしようと思ったのですが、一応皇子さまに申し上げてから、と」

乳母はそう続ける。

これまでの有貴皇子は、体調がすぐれないとか理由をつけて断っていたのだろう。

あまり有貴皇子が急激な変化を見せて怪しまれないためには、断ったほうがいいのかもしれない。

だが、神乃皇子の言葉がある。

逃げるなよ、と。

有貴皇子は逃げていたのか……何から？

由貴也はおそるおそる尋ねた。

「ばあや」

「旧都は……父上の……」

「ええ、ええ、そうですとも、お父上のお好みで整えられた、小さくはあっても美しい都でございました」

乳母が頷く。

由貴也が、記憶が曖昧で何かを思い出そうとしてもできないふりをして尋ねると、乳母のほうからあれこれ喋ってくれるのがわかってきていて、少しばかり後ろめたくはありながらも、今も由貴也はそう仕向けた。

「僕は……行けるだろうか」

「お父上があんな亡くなり方をなさった場所ですから、皇子さまにはお辛い思い出の場所ではございましょうが……よき思い出もあるかと思います」

乳母は由貴也の手を取って優しく握った。

「皇子さまがようやく向き合うお気持ちにおなり遊ばしたのでしたら、どうぞお気を強く持って、おいでなされませ」

行ってもいい……むしろ行ったほうがいいのだ。

由貴也はほっと安心した。


当日の早朝に宮中に参内すると、すでに集まっていた人々が驚いたように由貴也を見た。八年間も引きこもっていた有貴皇子の顔がわからないものが大部分のようだ。向こうが「誰だっただろう」という顔で見るということは、こちらが相手の顔や名前がわからなくても大丈夫ということで気が楽だ。

集まっていたのは皇族と臣下合わせて三十人ほどで、頭に黒い布冠を被っているのはなんらかの官職にある人間らしい。

あの、道でトラブルを起こした宇治木の苫という大男もいて、由貴也を見ると周囲の人々になにかひそひそと耳打ちしている。

誰も寄ってこない中、由貴也が黙って立っていると、一人の男が大股で近寄ってきた。

朱色の刺繍がある鈍色の服を着た、長身で整った顔の、ひときわ目を引く男。

神乃皇子だ。

「来たな」

皮肉な笑みを浮かべている。

由貴也はまた、あの有貴皇子の恐怖感で心臓がばくばくと鳴り出すのを感じながら、なんとかそれを押さえつけて神乃皇子を真っ直ぐに見た。

「……来ました」

「それでお前は」

神乃皇子が何か言いかけたとき、

「お出座《でまし》でございます」

一人の男が声をあげ、人々はさっと静まり返って整列し、頭を下げた。

奥の壇上に誰かが進み出る気配がして……

「今日はよく集まってくれた」

重々しい声が響いた。

これが帝だろうか。

有貴皇子の父の弟であり……兄である先帝を殺したと言われている人。

そして神乃皇子の父親。

周囲が顔を上げた気配がしたので由貴也もそれにならい、そして帝を見た。

きらびやかな布と金属の冠を被った、威厳のある、恰幅のいい中年の男。

いかにも「帝」らしい、という印象だ。

有貴皇子にとっての「敵」であるのだから、何かしらの感情がわき上がってくるかと思ったのだが、不思議とそれはなかった。

由貴也の中の有貴皇子はむしろ、帝を無視しているかのようだ。

その息子である神乃皇子のことはあれほど恐れているのに。

帝は居並ぶ人々をゆっくりと見渡し、

「これから旧都に向かい、あの地に眠る人々の魂に祈る。供をせよ」

淡々とそう言って、向きを変えて奥に引っ込んでいく。

それから居並んでいた人々は外に出て、待機していたそれぞれの馬に乗った。

由貴也は子どものころに乗馬経験があるだけだが、有貴皇子はさすがにある程度乗れるのだろう、漆塗りに金箔《きんぱく》が施された和鞍《わぐら》に身体が自然と馴染《なじ》む。

徒歩の供回りがそれぞれにつき、係が名前を順番に呼んで行列を整える。

それで由貴也には人々の構成がわかった。

「皇子」と呼ばれる男は少なくとも十数人いる。

その他に「王」と呼ばれる人たちもいて、その人々が大臣などを兼ねている場合もあり、厳密に序列が決まっているようだ。

それから、豪族の列が続く。

皇子の筆頭は当然というか、神乃皇子であり……有貴皇子は五番目くらいだ。

一応先帝の長子ということで、これくらいの序列になるのだろう。

さらに女性皇族やその侍女たちも別に列をつくり、百人を超すだろうという行列が動き始めた。

都大路を出て、次第に郊外へと向かう。

由貴也にはもうわかっていたことだったが、ここはやはり由貴也が知っていた日本の過去ではないと確信できた。

中学生のころに、母と一緒に奈良から飛鳥にかけて自転車で回ったことがあるが、あのあたりの地理とはまるで違う。

周囲の人々の会話から聞き取れる山の名前、川の名前も聞いたことがないものばかり。

本当に、別世界に来てしまったのだ。

そしてその別世界は、美しく、心地いい。

だが有貴皇子はこんなに美しい世界で絶望していたのだ、とも思う。

行列は途中で二度ほど休憩を取り、遅れがちな人々が追いついてくるのを待ってからまた動き始め、夕方には旧都に入った。

低い山に囲まれた小さな盆地に、やはり碁盤の目状に整備された一群の建物がある。

都遷りをすると放棄された旧都というのは荒れ果てるものかと思っていたがそうではなく、あまり多くはないようだが住民はおり、宮などを管理する兵たちがいるようで、行列を出迎えた。

旧都に入るとまずは、残っている建物に割り振られて休息を取る。

由貴也が指定された建物には「皇子」の身分の上から五人が割り振られたらしく、神乃皇子も一緒のようだ。

その建物に入った瞬間、由貴也は何か懐かしい、切ないような気持ちになった。

自分の感情なのか有貴皇子の感情なのかわからない。

建物は古びて、床にはうっすらと埃《ほこり》が積もっている。

急な行幸で、宿舎すべてを掃除する余裕はなかったのだろうか。

案内された部屋に従者がどこかから布団を運び込み、ベッドだけは清潔に整えられたが、椅子やテーブルなどの家具も埃を被っている。

由貴也は壁際の飾り台に近付いた。

鏡の前に置かれた飾り台には、洗面器のようなものや手鏡が置かれていて、化粧台のようにも見える。

だがそれらもやはりうっすらと埃を被っているし、手鏡は華奢な細工の柄がついていかにも女性ものに見えた。

都遷りの際に、この建物に残していったものなのだろうか。

だとしたらこの部屋は、誰か女性が使っていたのかもしれない。

由貴也はそっと、その手鏡を手に取った。

その瞬間――

由貴也の中に、さっと強い悲しみが流れ込んできた。

「あ」

なんだろう、これは。

悲しみ——寂しさ——諦め。

(もうここに戻ってくることはない)

(ここで過ごした楽しい日々は二度と帰ってこない)

(あの方はもういない)

誰か女性の、はっきりとした想い。

そう、感情というにはあまりにもはっきりとした、想いが由貴也の中に流れ込んでくる。

この部屋には誰か女官が住んでいたのだろうか。

この鏡はその人の持ち物だったのだろうか。

あの方、というのはもしかしたら女官が仕えた帝その人でもあっただろうか。

その悲しみがあまりにも深く、由貴也の胸が詰まり——

零れ出た涙が頬を伝った。

新しい帝、新しい都に希望を抱いて移った人もいるだろうが、悲しみと諦めをともに抱いて去っていった人もいる。

その悲しみがまるで自分のことのように胸に迫る。

と……

「おい」

腕を摑まれる感触とともに、強い声が、由貴也を現実に引き戻した。

「え……あ」

由貴也は、自分の腕を摑んでいる相手を見て、ぎくりとした。

神乃皇子。

割り当てられた宿舎が同じだとは知っていたが……どうしてこの部屋に。

神乃皇子は、由貴也の両腕を摑んで自分のほうに向かせ、

「その涙はなんだ！」

怒気を含んだ口調に、由貴也の身体はびくりと動いた。

腕が痛い。

逃れようとしても逃れられない強い力。

そして……

「わかっている。お前は、その鏡に残った想いを感じたのだな」

神乃皇子の責めるような言葉に、由貴也はぎょっとした。

どうしてわかったのだろう、由貴也が鏡の持ち主の想いを感じ取って、涙していたことが。

まさか……まさか、それは「呪われしもの」の特徴なのだろうか。

だとしたら、肯定してはいけない。

由貴也は渾身の力で、神乃皇子の腕を振りほどき、後ずさった。

「ちが……ちがい、ます」

「ではなぜ泣いていた」

神乃皇子は詰問口調でにじり寄り、由貴也はさらに後ずさる。

有貴皇子の恐怖がじわじわと胸の中に広がってくるのを感じる。

怖い……神乃皇子が怖い。

彼の目の中にある怒りが、怖い。

「た、ただ……いろいろ思い出して悲しくなっただけです」

由貴也は必死に言った。

ここは有貴皇子の父の都だ。

有貴皇子がそう思ってもおかしくないはずだ。

「僕には、そんなことは……ものに残った想いを感じるなんて、そんなことできるはずがない」

「お前はそうやって、結局逃げるのか！」

神乃皇子の声が大きくなった。

その顔は怒りで紅潮し……そして瞳の中に、あの、軽蔑がある。

彼が有貴皇子を見るときに、いつもあるように感じる軽蔑が。

神乃皇子は、自分の怒りをなんとか抑え込むように大きくため息をつき……そしてあの、冷え冷えとした瞳で由貴也を見た。

「自害に失敗したあと、少しは変わったのかと思っていたが、やはりお前は変わらないのだな」

吐き捨てるようにそう言って、大股で部屋を出て行く。

由貴也は呆然として、その後ろ姿を見送った。

今のは……なんだろう。

持ち物の主の感情を読み取れるというのは「呪われしもの」の特徴なのかもしれないと思って由貴也は否定したが……

そうではなかったのだろうか。

神乃皇子の言い方は……有貴皇子がそうやって、ものから想いを読み取れることは当然であり、それを否定することは「逃げ」だと言っているようにも聞こえた。

ではこの力は、有貴皇子がもともと持っていたものなのだろうか。

由貴也と有貴皇子は同じ力を持っているのだろうか。

由貴也の世界では由貴也の力はとても特殊で、否定するしか生きようがなかった。

だがこの世界ではもしかして……同じ力を持った人が他にもいるのだろうか。

有貴皇子はその力から逃げていた？

そして神乃皇子は、そういう有貴皇子に怒り、軽蔑している……？

わからない。

わからないことが多すぎる。

（有貴皇子）

由貴也は、自分の中の有貴皇子に尋ねてみた。

（有貴皇子、あなたは僕と同じ力があるの？　それを隠しているの？　この世界でもそれは、隠したほうがいいことなの？　そして……神乃皇子は何を怒っているの……？）

しかし胸の中はしんと静まり返って、神乃皇子を前にしたときの恐怖以外に、有貴皇子の存在を感じられる気配はまるでなかった。

翌日は帝に従って全員で古い宮に集まり、帝から、この都に眠る人々を悼む言葉があった。

ここに眠る人、といえばまず有貴皇子の父である先帝であり、帝は兄であるその先帝を毒殺した人であるはずだが、帝の言葉は淡々としている。

もう今さら蒸し返すことではない、という感覚なのだろうか。

それから皇族全員で、神社のようなところに参拝する。

ような、というのは鳥居がないからだ。

その代わりに、入り口の両脇に巨木が柱のように聳《そび》えている。
祭神などもわからない。
それから全員で、都のはずれにある丘に登る。
帝と皇族の女性たちは輿《こし》で、あとは徒歩だ。
丘の上からは、旧都を含む盆地が一望できた。
そこで黒い布冠をつけた年配の男から、居並ぶ人々に言葉があった。
「帝の歌をご披露申し上げます」
由貴也の胸がどくんと高鳴った。
歌。
もしかして万葉集にあるような、力強い和歌なのだろうか。
黒冠の男が深く息を吸い――
朗々とした声が、響き渡った。
「光が満ちる　古き都よ　愛した人々よ　安らかに眠れ　我が祈りとともに」
由貴也はそれを聞いてはっとした。
五七五ではない……古語でもない。
だが不思議な、耳に残る抑揚がついていて、胸の中に響いてくる。
そうだ。

この世界の人々は万葉集の時代の言葉を話しているわけではない。

そして万葉集は当時の人々の話し言葉で歌われていて、五七五を逸脱した歌もあって、庶民の歌もあって……そういう、身近でハードルの低いものだった。

この世界の歌は、この世界の今の言葉で詠む、それが当然なのだ。

帝の歌を、人々がゆっくりと復唱する。

耳に残る抑揚は、はじめての由貴也でもすぐに覚えられるようなものだった。

そして口に出してみると、淡々として見える帝の中の、苦い悔いのようなものがその歌から感じ取れる。

この帝も、何か複雑な事情や思いがあって、兄を毒殺して帝位に就く、という血なまぐさい行動を取るしかなかったのだ、と思わせるような。

「では、どなたか」

黒冠の男が促し、そして一人の年長の王が進み出た。

「幼き日の　あの楽しき日々よ　思い出はここにあり　我は今ここに還る」

それもまた、同じように抑揚をつけると胸に迫るような気がした。

数人がそうやって詠んだあと……

帝が黒冠の男に何か囁《ささや》き、そして黒冠の男が、後列に隠れるようにして立っていた由貴也を見た。

「有貴皇子……よろしければ、思いをお歌に」

由貴也は驚いて固まった。

帝の、指名だ。

由貴也に歌を詠めと言っているのだ。

帝の指名を断ることは可能なのだろうか……そして自分に歌など詠めるのだろうか。

無言で戸惑っていると、前列にいた神乃皇子が由貴也のほうを振り向いた。

その瞳に冷笑が浮かんでいる。

「無理だと思うのなら俺が代わってやろう」

有貴皇子には無理だろう、というその口調に……由貴也の中の何かが反発した。

この人はどこまで有貴皇子を軽んじ、蔑むのだろう。

蔑まれるままでいたくない。

その瞬間丘の上に風が吹き渡り、帝に付き従っていた女官の袖や飾り物がさっと翻り――

由貴也の頭に、ある歌が浮かんだ。

奈良の飛鳥、甘樫丘《あまかしのおか》の上にある歌碑。

――釆女《うねめ》の　袖吹き返す明日香風　都を遠みいたづらに吹く――

あの歌は、今の有貴皇子の立場で詠んでも不思議はない歌だ。

借り物になってしまうけれど……その「心」を有貴皇子に重ねたい。

（お借りします、ごめんなさい）

由貴也は心の中でそう謝り、前に進み出た。

神乃皇子が訝《いぶか》しげに、同時にどこか面白がるようにこちらを見ているのを感じる。

やってみせる、有貴皇子のために。

由貴也は大きく息を吸い……

たった今覚えたばかりの節に乗せて、言葉を送り出した。

「女官の袖を吹き返す　古い都の風に　過ぎ去った遠い日々を　むなしく思う」

出だしの声が震えたが……詠んでいるうちに、まぎれもなく有貴皇子の、そして自分の心を歌っている、という気がしてくる。

有貴皇子にとっては、ここを訪れるのは辛かったことだろう。

連れてきてしまってごめんね。

でも僕は、あなたとして、ここで生きていかなくてはいけないから。

そんな思いで、ゆっくりと最後の音を収めると——

人々は、静まり返っていた。

由貴也ははっと我に返り、何か失敗したのか、とんでもなく歌の作法にはずれたとか、使ってはいけない言葉を使ったりしたのだろうか、と思ったのだが。

「……これは」

黒冠の男がゆっくりと言った。

「よき歌をちょうだいいたしました。みなさま……ご唱和を」

その言葉に従って、人々が由貴也の歌を繰り返す。

人々の目に、驚きと感嘆がある。

そして唱和が終わると、それまで由貴也を遠巻きにして話しかけてもこなかった皇子や王たちが、由貴也を取り囲んだ。

「有貴皇子、心を打つ歌だった」

「声もいい、このような面がある人とは思わなかった」

その中の一人、年長の皇子が由貴也の肩を軽く叩いて低い声で言った。

「この場で、歌にむなしさを籠《こ》めてもよいのはあなただけだった。よい歌だった」

由貴也ははっとした。

ではこの場で歌を詠むということは、何かルールのある儀式だったのだ。

帝の歌が淡々としていたのも、他の人の歌が古き良き日々を懐かしむふうだったのも、血生臭い思い出は敢えて歌に乗せない、というようなルールがあったのだ。

そして、この都で命を落とした父を持つ有貴皇子だけが「むなしさ」を籠める権利があった……そういうことではないだろうか。

だがそれは結果論であり、由貴也が他人の歌を借り、とっさに詠んだのは、神乃皇子への反発からだ。

それがどこか、後ろめたくもある。

由貴也が神乃皇子をちらりと見ると、神乃皇子は怒りを含んだ目で由貴也を見ていたが、目が合った瞬間にふっと逸らした。

怒り……どうして？　何に対して？

有貴皇子が「うまくやった」ことが気に入らないのだろうか？

そのとき、誰かが声を上げた。

「西の雲をこれ以上止めておくのは危のうございます。そろそろ戻りませんと」

雲を止めるというのは不思議な言葉だが……確かに、まだ遠くはあるが空の彼方に灰色の雲が迫ってきているのが見える。

人々は急ぎ足で丘を降りた。

今回の行幸は一泊の予定で、今日中には都に帰り着かなくてはならないため、すでに従者たちが宿舎を引き払って出立の用意をしていた。

帰りは、来るときほどの厳密な隊列ではなく、用意ができたものから三々五々歩き出す。

由貴也も馬に乗って出発し……ほどなく、自分の馬を引いている従者の歩みがひどく遅く、足を少し引きずっているのに気付いた。

宮からついてきた従者ではなく行列のために帝から割り当てられた男で、来るときも会話は全くなかったのだが、歩きながら痛みを堪えるように唇を噛みしめているのがわかる。

由貴也は馬を止めた。

従者が訝しげに見上げてくる。

「足……痛みますか」

由貴也が小声で尋ねると、従者は驚いたように眉を上げ、それから低く言った。

「少し痛めましたが大事ありません」

どうしよう。

由貴也は迷った。

後ろから来た皇子や王たちが、

「どうなされた」

そう言って馬を止めようとしたので、由貴也は急いで道の端に寄った。

「ゆっくり行こうと思います。どうぞお先に」

彼らは顔を見合わせた。

「そうもあろう。ではお先に」

有貴皇子がこの都に後ろ髪を引かれていると理解してくれたのだろう、頷き合って先に進む。

そうやって人々が先に行ってしまい誰もいなくなると、由貴也は馬から下りた。

「お乗りなさい」

従者にそう言うと、従者は驚いて首を横に振った。

「とんでもない、そんな！」

「いいから、早く。誰かに見られそうになったら替わります。そのほうが早い」

強くそう言って、従者を押し上げるように馬に乗せ、手綱を持つ。

馬はおとなしく、すんなり由貴也の歩みに合わせて歩き出した。

従者はおろおろしていたが、しばらく歩むと、小声で言った。

「申し訳ありません」

「いいえ」

由貴也はあえて馬上を見上げず、前を向いてまま首を振った。

「都に戻ったら、手当てをしてもらいましょう。僕も、自分の足で歩きたかったのでちょうどよかった」

とはいえ、都までは半日以上かかる。

引きこもっていた有貴皇子の脚がどれだけしっかりしているのかもよくわからない。

ならばむしろ、行列に追いついて予備の馬を出して貰うとか……従者のためにそれができないのならば、むしろ従者は歩けるようになるまでどこか民家に預けるとか、そのほうがいいのかもしれない。

何しろ、従者の身分、この世界でどういう扱いまでが許されているのかもわからない。

そしてもう一つ……風のにおいが変わってきている。

最初に思ったよりも速いスピードで、雲が近付いてきている気がする。

由貴也は足を速めたが、やがて空が暗くなり、ぽつぽつと雨が降り出した。

「皇子さま、皇子さま」

馬上から従者が言った。

「お濡れになります。どこか木陰に入りましょう」

旧都を出て民家はまばらになってきており、遠くに見えていた行列もみな足を速めたのか、姿が見えなくなっている。

そのとき、空が光った。

雷だ。近い。

慌てて周囲を見回し、少し道をはずれたところに木立があるの見て、由貴也がそちらに進もうとした——そのとき。

突然大きな音と光が目の前で爆発した。

「うわ！」

思わず由貴也は耳を押さえてうずくまり、そして、手綱を放してしまったことにはっと気付いたときには、馬は従者を乗せたまま走り出していた。

「待って！　戻って！」

叫び声は、急激に強さを増した雨にかき消された。

どうしよう、従者は大丈夫だろうか。

それに、雷……また近くで光り、直後に轟音《ごうおん》がとどろく。

とにかく安全な場所に……でも、どこに？

先ほど見つけた木立に向かって走り出そうとしたとき、突然誰かが由貴也の腕を掴んだ。

「ばか、こっちだ！」

強い力で馬上に引きずり上げられ、鞍の前に座らせられる。

神乃皇子だ……どうして？

考える間もなく神乃皇子は由貴也が向かおうとした木立の反対側に馬を走らせ、由貴也が気付かなかった、古い建物に馬ごと飛び込んだ。

次の瞬間、近くでまた落雷の音がして、由貴也がはっと振り向くと、由貴也が向かおうとしたまさにその木立の中の大きな木が、真っ二つに裂けていた。

「あ……」

危ないところだったのだ、と身体が震えだす。

神乃皇子は由貴也を馬から下ろし、馬の首を撫でて落ち着かせている。

「あ、ありがとう……ございます」

ようやく由貴也は言うべきことを思いついたが、頭の中は混乱していた。

「僕の……馬は……彼は、大丈夫でしょうか」

とにかく気になるのはそれだ。

「舎人《とねり》はみな、馬の扱いには慣れている。雨雲は帝の行列は避けているから、追いつければ無事のはずだ」

神乃皇子は淡々と言った。

帝の行列を避ける……雨雲が行列の方向には向かっていない、ということか。

舎人というのは、朝廷に仕えて雑用をする身分のことだ。

「あ、あなたの舎人は」

神乃皇子もその舎人を割り当てられているはずだが、どうしたのだろう。

そもそも、神乃皇子はどこから現れたのだろう。

何からどう尋ねればと思っている間にも、神乃皇子は土間の一隅に馬を繋いでから建物を見回した。

「そこで火が熾せるな」

土間から一段上がった板の間にいろりを切ってあるのを見つけ、土間の隅で朽ちかけていた板きれの山から使えそうなものを選び出し、火を熾す。

うち捨てられた庶民の古い家なのだろうか、土間と居間の二部屋しかないし、天井が破れているところからは雨が滴り、壁も一部穴が開いているが、いろりのあたりは無事らしい。

神乃皇子が熾した火を土間に立ったまま由貴也はぼんやりと見つめ、温かそうだ、と思っていると……。

「何をしている、来い」

神乃皇子が怒ったように言って由貴也の腕を掴んで土間に引っ張り上げた。

「ずぶ濡れだ。さっさと乾かせ」

そう言われてようやく由貴也は、目の前の神乃皇子の髪が濡れ、衣服も雨で肌に貼り付いてるのに気付いた。

もちろん由貴也自身もだ。

そう思った途端に、ぞくぞくと寒気を感じ、身体がぶるぶると震え出す。

初夏だというのに、ひとたびの嵐でこんなにも気温が下がるのか、と思えるほどだ。

神乃皇子が着ているものを無造作に脱いでいく。

上半身裸になり、その逞しい裸身に由貴也はなんとなくどぎまぎして目を逸らした。

神乃皇子は脱いだものを火の前に掲げて乾かしていたが、由貴也が濡れた衣服を着たまま震えているのを見て苛立ったように、

「とっとと脱げ」

そう言って由貴也のほうに腕を伸ばした。

びくりとして由貴也が身体をすくめると、眉を寄せて舌打ちする。

「怖がるな。俺に触れられたくないならとっとと自分で脱げ」

そう言って手を引っ込める。

脱いで服を乾かさなくては風邪を引く。

由貴也もそれはわかってはいて、なんとか帯を解き、震える指で首元や脇を止める紐を解いていき、なんとか神乃皇子と同じように上半身裸になった。

濡れた布が肌に貼り付く不快さはなくなったが、由貴也とよく似た有貴皇子の貧弱な上体が空気にさらされ、火にあたっているだけでは到底温まらないと感じ、両腕で自分の上半身を抱き締める。

と……

「全く」

神乃皇子が呆れたようにそう言ったかと思うと、由貴也の腕を引っ張って自分の前に座らせた。

「え、あのっ」

「おとなしくしていろ！」

叱りつけるように神乃皇子は言って、あぐらをかいた上に由貴也を座らせ、腰に腕を回して抱え込む。

「温まるだけだ」

神乃皇子が由貴也の頭の上でそう言い……そして由貴也は、身体の背面にぴったりと密着した神乃皇子の胸が、確かに温かい、と感じた。

前からは、勢いをましてぱちぱちと音を立てだした火が熱をくれている。

「あ……」

由貴也はがちがちに固まっていた身体が、ほっとしたように弛緩《しかん》しだすのを感じ、ようやく神乃皇子が自分を助けてくれたのだと実感しだした。

「……ありがとうございます」

ようやくそう言うと、神乃皇子は由貴也を背後から抱えたまま「今さらか」とわずかに苦笑を含んでそう言った。

「でもあの、どうして」

どうして神乃皇子はあのタイミングで現れたのだろう。

「お前の舎人が、昨日から足を少し引きずっていたからな」

神乃皇子は由貴也の疑問を読み取ったようにあっさり言った。

「今日はよくなるか悪くなるかと思ってうしろから見ていたら、悪化しているようだったから」

昨日から気付いていて……そしてうしろから様子を見ていてくれたのか。

「お前では対処できまいと思っていたのだが、まさか自分の馬に乗せてやるとは」

意外だ、という声の響き。

「……でもあれで正しかったのかどうか……」

由貴也もあのまま都まで歩けたかどうかわからないし、結局雷に驚いた馬は舎人を乗せて走り出してしまったし、もっと早くに誰かに助けを求めるべきだったのではないだろうか。

すると神乃皇子は言った。

「少なくとも今までのお前なら、なんとかすべきと思っても舎人に馬を譲るなどと言い出すことすらできなかっただろうよ」

有貴皇子は思っても行動には移せなかった、ということだろうか。

「お前は変わった。いやむしろ……本来のお前になった、ということか」

神乃皇子は続ける。

「それが毒をあおった結果なら、むしろいい結果だと俺には思えるが」

それは皮肉なのだろうか、と由貴也が思ったとき。

「お前、記憶はどの程度飛んでいるんだ」

突然神乃皇子がずばりと尋ね、由貴也はぎくりとした。

「え……あの……」

「あの毒は、命は助かっても、これまでのことをほとんど忘れてしまうこともあると聞く。

時間をかければ思い出すそうだが、お前は何を忘れ、何を覚えている？」

どうしよう、と由貴也は思った。

どう答えるべきだろう……由貴也が有貴皇子ではないことを悟られず、なおかつ有貴皇子が変化したのが部分的記憶喪失のせいだと思ってもらえるためには。

由貴也は考えを巡らせ、そして小声で言った。

「僕が……僕であることはわかります……乳母のことも……」

「まあ、それがわかるのは大事だな」

神乃皇子の声には苦笑が籠もっている。

「で？」

「……何があったのか、よくわからないんです……父上がどうなったのか……どうして僕はあの宮に引きこもっていたのか」

「ほう」

神乃皇子の声に、興味深げなものが混じる。

「お前の父が俺の父に毒殺され、帝位を奪われたことは覚えていないと？」

これは挑発だろうか。

慎重に答えなくてはいけない。

「……乳母にそう聞きました……でも、自分の記憶としては……」

「なるほど」

神乃皇子は少し考え……

「お前が水の皇子であることは？　昨日、古い女官の鏡に触れて何か感じていただろう、あれでお前に皇子としての力があることはわかったが、水の皇子としての力は？」

由貴也はぎょっとした。

水の皇子とはなんだろう？

そんな言葉は聞いたことがない。

そして、あの鏡に触れたときに感じた記憶……あれが「皇子としての力」？

由貴也自身が持っているあの奇妙な力を、有貴皇子も持っていたのだろうか？

だが、水の皇子としての力というのはなんなのだろう？

どうしよう。

一瞬、答えずに逃げ出してしまいたい衝動に駆られたが、上半身裸のまま、背後から自分を抱えている神乃皇子の腕を振りほどいて嵐の中に出て行けるだろうか。

神乃皇子はまさか、こんな尋問のようなことをするために、こんな体勢を取ったのだろうか。

いや……逃げ出してもどうにもならない、と由貴也は思った。

だったら腹をくくらなくては。

「……覚えていないのです」

正直に言うしかない、ただ「知らない」を「覚えていない」に言い換えて。

「鏡に触れて、誰かの悲しみを感じたのが、どうしてなのかも……水の皇子という言葉も」

神乃皇子は無言だった。

いくらなんでも忘れすぎで不自然だと思われただろうか。

やがて……神乃皇子はわずかに身じろぎし、そして低く言った。

「そこまでとはな……人が変わったようになるはずだ」

信じてくれたのだ、と由貴也はわかってほっとしたのだが……

「で、俺のことは？」

次の瞬間、不意打ちのような質問が来て、由貴也は身体を硬くした。

神乃皇子のこと。

もちろん、知らない。

ただ、有貴皇子と何か因縁がありそうだということだけはわかる。

それは、彼の父が有貴皇子の父を殺したことと関係があるのかないのか。

何もわからないが、ひとつだけ確かなことがある。

「……あなたが、怖い、と」

由貴也はなんとか言葉を絞り出した。

「あなたのこと、というよりは……あなたが怖いという気持ちだけは、覚えています」

有貴皇子の、神乃皇子への恐怖。

それだけは、絶対的に確かに、この身体に存在している感情だ。

神乃皇子は、無言だった。

気を悪くしたのだろうか……だが由貴也としても事実なのだから仕方ない。

と、神乃皇子は、背後から由貴也の顔を覗き込んだ。

反射的に由貴也も神乃皇子のほうを振り向き……視線が、合う。

一瞬、いろりの炎を反射して、神乃皇子の目が金色に光ったように見えた。

「……今、俺が怖いか？」

神乃皇子は、低く、穏やかに尋ねた。

その目には怒りも軽蔑もない。

ただ、フラットに淡々と尋ねているとわかる。

そして由貴也の中にも、有貴皇子の恐怖の気配はなかった。

その代わりにじわりと……接した皮膚から伝わる温かさを実感する。

「……いいえ」

声が、掠れた。

「今は、怖くない」

この人は舎人《とねり》の様子を気にかけ、雷雨の中で由貴也を助け、今こうして温めてくれている人だ。

また、神乃皇子《かみののみこ》の瞳に、炎が金色に映った。

同時に、何か不思議な熱がほの見え、由貴也《ゆきや》の身体《からだ》の奥にもぽっと灯《あかり》が点《とも》ったような気がする。

これは——なんだっただろう。

暗闇の中で金色に光る目。

記憶を探る由貴也の目と、神乃皇子の目が合った。

ちらちらと炎を映す黒い目が、ゆっくりと近付き——

唇が、重なった。

次の瞬間、神乃皇子の腕がぐいと由貴也の身体を抱き寄せ、由貴也は横向きに、神乃皇子のあぐらの上で、完全に彼の腕に体重を預けながら口付けられていた。

どうしてこんなことを。

頭の隅でそう驚きつつ、由貴也は、この唇を知っている、と思った。

顔の印象よりも、実際に触れると肉厚な感じのする唇。

かみつくような口付けは、すぐに、ねっとりと押し付けるものに変わる。

由貴也の唇を神乃皇子の舌がなぞり、抵抗するということを思いつく前に、口腔《こうくう》に忍び入ってくる。

熱い……舌と、そして混ざり合う唾液。

誰かと口付けることなどはじめてのはずなのに、由貴也は自分から舌を絡め返して彼に応えていた。

そう、何度も見た夢……金色の瞳の男と交わした口付け。

身体はこの人を知らない。

だが記憶はこの人を知っている。

あの男の顔はわからなかった。けれど、この腕は……

由貴也は腕を伸ばし、神乃皇子の肩に回した。

そう、この……筋肉の乗った逞《たくま》しい身体、肩の厚み、首の太さ……そしてぴったりと重なる皮膚に感じる、この熱さ。

まさにこの身体は、あの夢の男のものだ……！

神乃皇子が片腕で、まだ半ば濡《ぬ》れている衣服を床の上にさっと敷き、由貴也はその上に押し倒された。

一瞬離れた唇はまたすぐに重なり、神乃皇子の身体がのしかかってくる。

神乃皇子の手が、由貴也の上半身をまさぐる。

素肌に触れる掌《てのひら》の熱。

ここがどこで、相手が誰なのかということは、由貴也の頭から吹き飛んでいた。

ただ、身体が熱い。

甘やかな幸福感と、焦れるような熱が入り交じったこの感覚は、夢の中で何度も感じたものだと、それだけはわかる。

神乃皇子の、節の太い指、大きな掌。

脇腹を撫《な》で上げ、のけぞった背中を撫で下ろし、そして胸を探り……乳首を押し潰す。

「んっ……っ」

びりびりっとした感覚に、由貴也の鼻から声が抜けた。

左右の乳首を交互に指で摘《つ》ままれ、捩《ねじ》るように引っ張られ、つんとした痛みとともに電流が走り抜けるような刺激が背骨を走る。

神乃皇子の膝が由貴也の脚の間に入り、蹴飛ばすように脚を開かれた。

その少し乱暴で性急な動きすら、由貴也の五感を刺激する。

湿ったズボンを穿《は》いたまま、由貴也の脚の間に神乃皇子が身体を入れてきた。

「……っ」

脚の間で熱を持っているものに、同じように熱く固いものがごりっと押し付けられる。

二人とも、互いが互いに興奮しているのだと感じた瞬間、由貴也の身体の熱はさらに上がった。

「……お前も熱いな」

唇をわずかに離して、抑えた声音で神乃皇子が言い、その声に含まれる熱い何かに、由貴也はぞくりとした。

神乃皇子の手が由貴也の股間をまさぐり、紐《ひも》を解き、薄布のズボンを下ろす。

「あ……っ」

直接握られて、由貴也はのけぞった。

なんという、快感。

由貴也は自慰をほとんどしたことがなく、あの夢を見て下着を汚す程度の経験しかなかった。

これは有貴皇子の身体だが、有貴皇子だって何かの経験があったとは思えない。

それなのに身体は、神乃皇子に握り込まれ、扱かれてる感覚にすべてを委ね、あっという間に追い上げられていく。

腰の奥に渦巻いていた熱が出口を求めて溢《あふ》れ……

「あ、あ、あ……だ……っ」

だめだ、と思ったときにはもう遅く、由貴也は達していた。

神乃皇子の手は、最後の一滴まで搾り取るかのように、ひくつく由貴也の性器を何度も扱き……

ようやく手が離れたのを感じ、息を弾ませながら由貴也がなんとか目を開けると、神乃皇子は自分の手に着いた由貴也のものを舐《な》め取っていた。

「あ……やっ」

予想もしていなかった恥ずかしい行為に思わず顔を背けると、神乃皇子の腕がやすやすと由貴也の身体を俯《うつぶ》せに返す。

「え……えっ」

腿《もも》のあたりまで下げられていたズボンをさっと足先から抜かれ、腰を引かれて高く掲げさせられる。

――この先は、知らない。

由貴也が夢で見ていたのは、ただ裸で抱き合い、興奮した性器に触れられ、達してしまうところまでだ。

だが……まだ先があるということも頭のどこかで知ってはいて……

「あ……！」

神乃皇子が由貴也の臀《しり》をその大きな手で両側に割り裂くように広げたかと思うと、突然そこにぬるりとした熱いものを感じた。

舌、だ……神乃皇子の舌が、そこを舐めている。

「や、や、だ、めっ」

前に這《は》いずって逃げようとしたが、臀を摑《つか》んだ手ががっしりと引き留め、由貴也は思わず額を床に押し付けた。

身体の内側に入り込んでくるような、熱い舌。

そんなところを舐められていると思うと羞恥《しゅうち》で脳が沸騰しそうなのに、身体の奥からは湧き出すように熱が溢れてくる。

ねっとりとした動きの舌に、沿わせるようにして固く長いもの……指が、入ってくる。

固い場所をこじ開けるように入り口を広げ、内壁を押し、擦《こす》り、次第に奥へ、奥へと進んでくる。

由貴也ははじめての刺激に緊張で身体を固くしつつも、内側からどろりと自分の中が溶けていくように感じていた。

「んっ……っ、んっ、ふっ……っ」

堪《こら》えきれずに洩《も》れる声に甘さが混じっているのが自分でもわかる。

もっと強く、抜き差ししてほしい……もっと奥まで、欲しい。

脳の本能的な部分でそう感じたとき。

じゅぷっと音を立てて、指が引き抜かれた。

そのまま神乃皇子の手ががっしりと腰を抱え直し——

熱いものが押し当てられた。

神野皇子の滾《たぎ》った性器だと、わかる。

押し付けられ……そして、入り口の皮膚を巻き込むようにして、押し入ってくる。

「んっ……っ」

苦しい。

息が、できない。

でも……引いて欲しくない。

と、神乃皇子の片手が由貴也の前に回り、萎《な》えた性器をゆるやかに握り込んだ。

「……あっ……あっ」

ゆっくりと扱かれて、さきほどの快感を身体が思い出す。

リズミカルな快感を由貴也が無意識に追い出したとき……ぐぐっと、神乃皇子のものが由貴也の中に入ってきた。

「う……あ……あ、あっ」

いっぱいに広げられる息苦しい感覚。

無理だ、と頭の隅で思う一方で、身体はじわじわと上がる熱を求めだしている。

神乃皇子が前に回した片手で由貴也を扱きながら、片手で腰を掴み、そして腰を動かし始めた。

灼熱《しゃくねつ》の棒が自分の中を行き来し、張り出した部分が内壁を強く擦る。

内側から摩擦の熱で蕩《とろ》かそうとでもしているかのようだ。

「あっ……はっ……く、うぅう、んんっ」

神乃皇子の一突きごとに声が洩れ、甘く裏返っていく。

その自分の声を意識して、由貴也は、悦いのだ、と気付いた。

気持ち、いい。

身体を押し開かれ、擦られる内側から生まれた熱が、渦を巻きながら全身に広がり、満ちていく。

この満足感、充足感は——間違いなく快感なのだ。

神乃皇子の息が荒くなっていくのがわかる。

熔《と》ける、内側から身体がどろどろに熔けてしまう、と思ったとき。

腰の奥に渦巻いていた熱がとぐろを巻くように背骨を駆け上がり——

「……っ……っ……っ！」

声もなく、由貴也は達していた。

「くっ……」

背後で神乃皇子が堪えるように息を詰めたのがわかる。

弛緩《しかん》しかけた身体を神乃皇子の腕が抱え直し、さらに強く腰を打ち付け始めた。

「あ……あ、あっ、あ、あ、」

達したばかりの身体にその刺激は強すぎる、と思った瞬間。

神乃皇子のものが最奥に届き、そして動きが止まった。

自分の中で神乃皇子が痙攣《けいれん》し、熱いものが迸《ほとばし》るのがわかる。

そして。

ゆっくりと神乃皇子のものが引いていき、ずるりと由貴也の中から抜けた。

大きく息をついた神乃皇子が、俯せに横たわった由貴也の隣に、どさりと仰向けに身体を投げ出す。

荒い息が重なり合い、そしてゆっくりと静まっていき……

「ふう」

やがてそう息をついて、神野皇子がむくりと身体を起こした。

由貴也ももぞもぞと身体を起こし、敷かれていた神乃皇子の上着の上で、へたりと座り込む。

急速に、頭と身体の熱が引いていく。

外の嵐はいつの間にかやんで風の音は静まり、いろりに燃える火の音だけがぱちぱちと響いている。

ここで――

自分と神乃皇子は身体を重ねたのだということを突然実感して、由貴也が呆然《ぼうぜん》としていると。

「それで？」

神乃皇子がいろりに追加の木をくべながら由貴也を見た。

裸のまま片膝を立て、乱れた黒髪を掻《か》き上げる仕草がおそろしく艶っぽい。

「それで……？」

神乃皇子が何を尋ねようとしているのかわからず、由貴也は問い返した。

たった今まで肌を重ねていた人なのに、身体を離すとそこにはまた微妙な距離感が生まれ、由貴也は戸惑っていた。

いったい何が起きたのか、今のはなんだったのか。

「これにはどういう意味があるんでしょう……」

思わず由貴也がそう洩らすと、神乃皇子は片頬で苦笑した。

「……意味などないだろう。ただ、互いにその気になったからだ。それともお前にとっては何か意味があったのか？」

唇の端は上がっているが、視線はおそろしく冷静で、由貴也の本心を見透かそうとするかのように由貴也をじっと見つめている。

由貴也にも、いったいどうしてこんなことになったのかはわからない。

「そういうことだ」

由貴也の無言を返事と取ってか、神乃皇子はあっさりそう言い、由貴也は釈然としない思いとともに、どこかほっとしたような感じもしていた。

この世界では一度身体を重ねたらそれは二世を誓ったことになる、などと言われたら却って当惑していただろう。

そもそも神乃皇子が有貴皇子《ゆきのみこ》＝由貴也に対してなんらかの感情があるのかどうかと言えば、「ない」と明確に思えるからだ。

だったら、二人の男が突然互いに発情し、発散し合ったと言われる方がまだ納得がいく。

だが同時に由貴也は、自分の身体が、重なってきた男の身体を知っていると思えたことの方が不思議だ。

由貴也の身体が覚えていた夢の男は……本当に神乃皇子なのだろうか。

だとしたらどうして由貴也は、彼と抱き合う夢を、もう何年も見続けてきたのだろう。

自分がこの世界に来たのは、偶然などではないのだろうか。

神乃皇子との間には、何か特別な繋《つな》がりがあるのだろうか。

しかしそれは……由貴也との間に？　それとも有貴皇子との間に？

もしも突然また、有貴皇子がこの身体の表面に出てくるようなことがあったら、彼は神乃皇子とのこの出来事をどう感じるだろう。

そして、もし有貴皇子が戻ってきたら、由貴也の魂はどうなるのだろう。

考え込んでいる由貴也に、神乃皇子が低く言った。

「お前は……自分が水の皇子だということを覚えていないと言ったな」

まるで、たった今あんなふうに抱き合ったことなどなかったかのように、その前に話していた話題に立ち戻る。

だがそう言いながらも神乃皇子はいろりの側に投げ出してあった有貴皇子の上着を手に取り、「だいたい乾いた」と放り投げてよこした。

——これは、優しさなのだろうか。

由貴也はむず痒《がゆ》い嬉《うれ》しさのようなものを感じながら受け取って羽織り、下に敷いていた神乃皇子の上着を返す。

「俺は地の皇子だ。お前の父は火だったし、俺の父は風だ」

神乃皇子は返された上着を羽織りながら淡々と続けた。

風、火、地、水。

それは何か、四元素とかいう考え方のことだろうか。

あれは古代ギリシャで生まれた、ヨーロッパの考え方だったように思うが、古代日本に似たこの世界には、その概念があるのか。

「人はみないずれかの気を持って生まれてくるが、皇族の中には特にその気が強いものがある……お前、これもまるで初耳のような顔をしているな」

神乃皇子は由貴也を見て肩をすくめた。

だが由貴也としては実際初耳であり、そしてその先を聞きたい。

この世界のこと、有貴皇子の置かれていた立場、そして神乃皇子との関係に繋がりそうなことなら、なおさら聞きたい。

「徳のある帝は必ず強い気を持っているし、自らと、太子と、政権を支える左右の側近に、四つの気を揃《そろ》えるものだ。お前の父は、弟である俺の父と俺を傍らに置き、お前を太子とすることでそれを完成させられるはずだった」

自分と、息子と、弟と甥《おい》で、四元素を完成させる。

「だが、お前はいつまでたっても、水の皇子としての力を示すことはなく……お前の立太子は理由もなく先送りされ続けた」

由貴也はぎくりとした。

これは何か……有貴皇子の自殺未遂に至る悩みのヒントに繋がることなのだろうか。

神乃皇子は、あえて由貴也を見ないようにしているようで、いろりの炎を見つめてその光を瞳に宿しながら続ける。

「帝はお前を後宮からあまり出さず……皇族男子は十歳になれば癒やしの義務をはじめるものなのに、お前は今に至るまで一度もその義務を果たしていない」

癒やしの義務。

また、よくわからない言葉が出てきた。

だがとにかく、父帝が有貴皇子を人前に出さないようにしていた、ということはわかる。

どうしてだろう。

「俺の父は」

神乃皇子は言葉を切り、少し躊躇《ためら》ってから続けた。

「お前に、水の皇子としての力がないのではないかと疑っていた……あったとしても、太子にふさわしいほどの強さがないのでは、と」

水の皇子の力というのがなんなのかはともかく、神乃皇子の父は、有貴皇子が太子にふさわしい力を持っていないのではと疑っていたのだ。

もしそれが本当なら？

有貴皇子の悲しみ、恐怖、辛《つら》さと関係があるのだろうか。

「だから」

神乃皇子は、ふうっと息を吐き出すように言った。

「だから、俺の父は、お前の父は四つの気を満たさない帝だと思い……帝にふさわしくないと思い、お前の父を追い詰め、結果的に毒をあおらせた。皇族も臣下もお前の父の治世に不安を感じていたのは確かだったので、それを正しいことと認め父が即位するのを許したのだ」

由貴也は、胸がぎゅっと何かに摑まれたように感じた。

これは……有貴皇子の痛み？

（そこに、いるの？　有貴皇子……！）

問いかけても確かな返事はない。

だが、有貴皇子の父が今の帝に「殺された」というのは……追い詰められ、毒をあおったということだったのだ。

そして有貴皇子も、それから八年引きこもったあげくに、同じ毒で自殺を図ったのだ。

「有貴皇子」

神乃皇子は、じっと由貴也を見つめた。

「お前には少なくとも、皇子としての基本的な力があるのに、それすら隠してひたすら義務から逃げ続けてきた、俺にはそれが許せなかったが……」

その鋭い視線が心臓まで貫くようだ。

「お前はこうやって宮の外に出た。この世と関わることをはじめた。だったら次は、癒やしの義務をはじめろ。皇族としての義務を果たせ。それをしなければ、俺はお前を認められない」

神乃皇子の厳しい声音に、どう答えればいいのだろうと思ったとき。

「……こさまぁ」

遠くから、声が聞こえたような気がした。

神乃皇子も顔を上げ、耳を澄ませる。

「神乃皇子さま……有貴皇子さま……どちらかにおいでですか……?」

数人の男たちの呼び声だ。

「探しに来たようだ」

神乃皇子はさっと立ち上がると、手早く素肌に羽織った上着の前を合わせて裸足のまま土間に降り、がたつく戸を開けた。

「おおい、こちらだ」

声のほうに向かって叫ぶ神乃皇子の全身が、外からの光によって、くっきりと金色の輪郭を帯びる。

その姿を、息を呑《の》むほどに美しい、と由貴也は感じていた。


「皇子さま、よくお帰りあそばしました」

宮に戻ると乳母《うば》がほっとした顔で出迎えた。

「長い道中でございましたでしょう、お疲れになりませんでしたか。何かいやな目にお遭いにはなりませんでしたか」

「大丈夫だったよ」

由貴也は微笑《ほほえ》んでそう答えた。

嵐に遭って神乃皇子と陋屋《ろうおく》で一時を過ごしたなどと、心配をかけるようなことは言わないほうがいい、という気がする。

夕食をとり、寝室に入ってベッドに横たわると、どっと疲れが出てきたような気がした。

たった一泊二日、でもいろいろなことがあった。

他の皇族にも会ったし、旧都も見た。

思いがけずこの世界における「歌」も詠んだ。

だが一番大きいのはどう考えても、神乃皇子とのことだ。

神乃皇子という人が、ただただ冷たく恐いというだけの人ではない、とわかったような気がする。

足を痛めた舎人の様子に気付いて見守ってくれたり。

嵐の中で有貴皇子を助けてくれたり。

有貴皇子を巡る事情もだいぶわかって、彼がどうして有貴皇子に対してあんなに冷たいのかの一端も、見えたような気がする。

彼が有貴皇子が何かから「逃げて」「皇族の責任を放棄している」ことに対して怒っていたのだろう。

だが有貴皇子がどうしてあんなに神乃皇子を怖がっているのか、それはよくわからない。

有貴皇子の恐怖が表に出てこなければ、由貴也にとって神乃皇子は、恐い人ではないという感じがした。

それどころか……

「うわぁ……」

由貴也はふいに、自分の身体の中に神乃皇子の熱が蘇《よみがえ》ったように感じ、羞恥と混乱で顔が熱くなるのを感じて、頭を抱えた。

どうしてあんなことになったのかやはりわからない。

だが、金色の目をした夢の男と、神乃皇子は、同じ人だという感じがする。

もしかしたら。

由貴也ははっと思いついた。

自分がこの世界に来て、有貴皇子の身体に宿ったのは、偶然ではないのだろうか？

何かもともとの縁のようなものがあって、理由があってこうなったのでは？

だが……

「有貴皇子、ごめんね」

由貴也は思わず有貴皇子に向かって謝っていた。

この身体は有貴皇子の身体だ。

そして由貴也同様、有貴皇子だって性的な経験は全くか、ほとんどか、とにかくなかったであろうことは想像できる。

それなのに、有貴皇子が「いない」間に、有貴皇子があれほど恐れている神乃皇子とあんなことになってしまって……もし彼が知ったらどう思うだろう。

だがどうしようもなかった。

何か本当に、本能に導かれたとしか言い様のない衝動だった。

それでも……

あれに、意味はない、と神乃皇子は言った。

二人の間に、なんらかの特別な関係ができたわけではない。

そう思うと、由貴也の胸がちりりと痛んだ。

……これは、なんだろう。

夢の男の記憶に重なる神乃皇子と身体を繋げ、自分がこの世界に来たことに意味があるのではと思いつつも、彼との間に特別な関係ができたわけではないということに、一抹の不安、寂しさ、切なさを感じるのは。

夢の男と抱き合ったときには、あれほどの満足感、幸福感があったのに、今の由貴也にそれは感じられない。

やはり、夢の男とは無関係なのだろうか。

由貴也の思考は行きつ戻りつを繰り返し、朝方まで眠りにつけなかった。

「皇子さま」

少し寝坊した由貴也の寝室に、乳母が慌てたように入ってきて呼んだ。

「……どうしたの？」

目を覚ましかけていた由貴也が驚いて起き上がると、

「……あの方が、神乃皇子さまがお見えでございます」

乳母は押し殺した声で言って、神乃皇子が無理矢理寝室まで押しかけてはこないかと、背後を伺うような視線を見せる。

乳母もとにかく、有貴皇子が神乃皇子を恐れていたことはよくわかっているのだ。

「どうして、なんの用事で？」

「癒やしの義務に誘いに、と……これまでこんなことは一度もありませんでしたのに。行幸へのお供でお疲れだからと、お断りしてよろしゅうございますか？」

「待って」

由貴也は慌てて止めた。

癒やしの義務。

神乃皇子が皇族の義務を果たせと言っていた、あれだ。

由貴也が有貴皇子として生きるなら、おそらくこの先避けては通れないことだ。

癒やしの義務というのがどういうものなのかわからないが、有貴皇子が一度も行ったことがないというのなら、知らなくても不審がられることはないだろう。

「行くよ、すぐに支度するからお待ちいただいて」

由貴也はそう言ってベッドから出た。

「皇子さま……？」

乳母は驚いて由貴也を見たが、自分を納得させるように二、三度頷いた。

「承知いたしました……そうですね、皇子さまはお変わりになろうとなさっているのですから……失礼いたしました」

そう言って、また急ぎ足で部屋を出て行く。

急いで支度をすませて由貴也が広い居間に行くと、神乃皇子は窓辺の椅子に座り、庭を眺めながら出された茶を飲んでいた。

その、端然とした佇《たたず》まいに一瞬見蕩《みと》れ……そして、身体の奥に神乃皇子の熱を思い出しそうになるのを押さえつけ、由貴也は深呼吸してから居間に入っていった。

「お待たせしました」

「来たな」

神乃皇子は冷静な面持ちで由貴也を見た。

あんなことがあったとは一切匂わせもしない雰囲気に、由貴也は救われたような気持ちになった。

「癒やしの義務、ですね」

由貴也もビジネスライクにそう言うと、神乃皇子は頷《うなず》き、すっと立ち上がる。

「施療院《せりょういん》へ行くぞ」

そう言ってすたすたと歩き出し、由貴也は慌てて後を追った。

宮の外に出ると二頭の馬がいて、神乃皇子の家人らしき男がそれぞれに轡《くつわ》を取っている。

「俺の馬だ」

神乃皇子はそっけなく言って一頭に跨がる。

有貴皇子は外出しなかったから、有貴皇子の宮に皇子用の馬がないことを見越して用意してきてくれたのだ。

由貴也は「ありがとうございます」と言ってもう一頭に跨《また》がった。

馬は前後に連なり、無言のまま宮の前の坂を下って行く。

施療院、と神乃皇子は言った。

人々の病を癒やすための、公の施設なのだろう、と想像する。

それは有貴皇子の宮とは反対側の都の外れにある、静かな立地の場所にあった。

平屋の大きな建物で、二人が近付いていくとすぐに気付いた男女が出迎える。

「これは神乃皇子さま、よくお越しくださいました」

一人の年輩の女性がそう言ってから、わずかに戸惑ったように由貴也を見る。

「そして……？」

「有貴皇子、先帝の皇子だ」

神乃皇子が言うと、人々は驚いたように顔を見合わせた。

「これは……光栄なことでございます、今上の皇子と先帝の皇子がお揃いで」

「有貴皇子は癒やしの義務に慣れていないから、今日は俺が導く。二人いるから二倍働けるとは思わないでくれ」

「は」

神乃皇子が馬から下りて歩き始めたので、由貴也も続いた。

何をどうするのかわからないが、とにかく神乃皇子が「導いて」くれると思うと、安心できる。

施療院はやはり病院のような場所で、建物に入って廊下を歩いて行くと、左右の部屋に数代ずつのベッドが置かれて人々が横たわり、その間で人々が静かに立ち働いていた。

一番奥の部屋までたどり着くと、扉の前で医師らしい一人の老人が待ち受けていて、頭を下げた。

「ようこそお越しくださいました」

「急ぎの処置は？」

神乃皇子が声をひそめて尋ね、

「二人おります」

医師が答える。

「わかった。では」

神乃皇子は由貴也を振り向いた。

「入るぞ」

「はい」

由貴也は緊張して頷く。

部屋に入るとそこには三台のベッドがあり、ひとつは空で、二つに人が横たわっていた。それぞれの傍らに付き添いらしい男女がいて、病人の手を握ったり、布で汗を拭ったりしている。

「こちらへ」

医師は奥のベッドへと二人の皇子を導いた。

そこに横たわっていたのは、まだ若い一人の男だった。

肩から胸にかけて包帯が巻かれ、血が滲《にじ》んでいる。

熱もあるようではあはあと息をしていて、苦しそうだ。

「古い建物を壊していて、崩れてきた壁の下敷きになりました。胸の傷の奥のほうに破片が刺さっておりまして、それが毒を持って悪さをしております」

医師が説明をする。

「志間《しま》」

付き添っていた年配の女性が、若者に声をかけた。

「志間、皇子さまがいらしてくれたよ。これで楽になれるよ」

若者が苦しそうに眉を寄せながらも、薄く目を開けた。

「皇子……さま……？」

「そうだ。安心して任せろ」

神乃皇子は若者に向かって静かに頷くと、医師に尋ねた。

「準備は？」

「できております、いつでも」

そう言って医師が傍らに控えていた男に合図をすると、何種類かの刃物や真っ白な布などが載った台を運んできて傍らに置いた。

医師は手早く、胸の包帯を解いていく。

血の滲んだ深そうな傷が現れ、由貴也はぎくりとした。

「器具はみな、ちゃんと清めてあるな」

「はい、すべて熱湯で」

これは……もしかすると……手術、をするのだろうか、と由貴也は思った。

煮沸消毒などの概念はあるらしいが……

まさか神乃皇子が手術をするのだろうか？　そして自分も助手のようなことを……？

そんなのは無理だ、と由貴也が思ったとき。

「有貴皇子、そちらへ」

神乃皇子が、ベッドをはさんで神乃皇子と反対側に立つよう促した。

「手を」

そう言って神乃皇子が右手を差し出したので慌てて同じように自分の右手を差し出すと、神乃皇子の手が由貴也の手を若者の額に乗せ、その上に自分の手を重ねた。

熱い。

若者の高熱がじかに掌に伝わり、甲に重なる神乃皇子の手がひんやりと感じる。

「集中しろ」

神乃皇子がそう言って重ねた手をじっと見つめたので、由貴也も同じように神乃皇子の手の甲に視線を落とした。

どうやら手術の助手をするとかではなさそうだ。

「――中へ」

神乃皇子が低く言い、どういう意味だろう、と戸惑いながら由貴也がとにかく手元に意識を集中させようとしていると……

ふいに、ぐん、と手が下に引っ張られたような気がしてぎょっとした。

まるで若者の額の中に、自分の手がめり込んだように感じたのだ。

「え」

（気を散らすな！）

神乃皇子の言葉が、直接脳の中に響いたような気がした。

よく見ると、手は額に乗せられたままで、めり込んでなどいない。

そして、神乃皇子の手が、熱くなっている。

何が起きているかわからないが……とにかく、神乃皇子が「導いて」くれるというのなら任せよう。

由貴也は覚悟を決め、自分の手に集中した。

（そのまま――深く――静かに――）

手だけではなく、身体ごと、神乃皇子の手に押されて若者の頭の中に沈み込んでいくような感覚。

そして。

ふいに、底に着いた気がした。

深く深く井戸のような縦穴を降りて、底に着いた、そんな感じだ。

そしてそこに、若者の姿があった。

身体に傷があるようには見えないが、苦しげに顔を歪《ゆが》めてうずくまっている。

（痛い……痛くて……辛い……）

（大丈夫だ）

神乃皇子の声。

穏やかで温かく、そして力強い声。

（こちらへ来い）

若者が戸惑いながら立ち上がり、こちらに近付いてくる。

（大丈夫だ、痛みを感じないところへ行くのだ）

励ますように神乃皇子が言い、

（お前も！）

由貴也に向かって促す、その意味を由貴也ははっと感じ取った。

（大丈夫です……この方に任せれば）

なんとか由貴也も、若者にそう言い、本能的に若者の肩に手を置いた。

若者の歪めた顔が、すうっと楽そうになる。

（ああ……少し、楽になりました……）

（これからだ。さあ、来い）

神乃皇子が由貴也とともに若者を両側から抱くようにした瞬間、ふわりと身体が浮いたように感じる。

そのままゆるやかに上昇していく。

やがて光が満ち……そこは、広く明るい草原だと由貴也は気付いた。

そして若者の姿は、大きな鳥に変わっていた。

雉《きじ》のようだ。

（ここにいればいい、ここで安心して休んでいろ）

神乃皇子が言って、雉を草原に降ろす。

雉はもう痛みを感じていない。

嬉しそうに草原を見回し、嬉しそうに駆け回り始めた。

そのすべてを由貴也は……目を開けたまま、自分の手で「見ている」ような、不思議な感覚を味わっていた。

そのとき、神乃皇子が静かに言った。

「はじめていいぞ」

「は」

医師が答えて小さな刃物を手に取り、若者の胸にすっと切れ目を入れる。

麻酔もなしに、と由貴也はぎょっとして身動きしそうになったが、神乃皇子の手がしっかりと、動かないように由貴也の手を押さえていた。

若者は痛みも熱の苦しみも感じないように、穏やかな寝息を立てている。

そして由貴也の手は相変わらず、草原で憩う雉を感じている。

どういうことだろう。

あの雉は、若者の魂か何かなのだろうか。

それを若者の身体から引き離し、痛みを感じないようにさせている……？

雉の姿を確かに見つつ、由貴也は、視線の端で、医師が手早く処置をしていくのを見ていた。

まるで由貴也自身の意識がふたつあるかのようだ。

溢れ出る血を助手が拭い、医師は刃物で切った場所に別な器具を入れて探り、やがてぎざぎざの木片と、小さな金属の塊のようなものを取り出す。

「悪さをしている毒はこちらだな」

医師が金属を見て呟《つぶや》き、そして傷口に何か軟膏《なんこう》のようなものを塗り、それから針と糸で縫い合わせていく。

この世界には、こんなに本格的な外科手術があるのだ。

やがて……

「終わりました」

医師が手術の終了を告げた。

(有貴皇子)

神乃皇子が、重ねた手を通じて由貴也を促した。

(ゆっくりと、彼を戻す)

慌てて意識を手のほうに集中させると、再び草原の光が見えた。

(来い、戻るぞ)

神乃皇子が穏やかに雉に呼びかける。

雉はばたばたと低い高度で飛んできたが、少し怯《おび》えているようにも見える。

(……戻ったら、また痛みませんか)

(大丈夫だ)

神乃皇子は静かに答える。

(少しは痛むだろう。だがそれはだんだんよくなる)

(だったら……完全に痛まなくなるまで、ここにいたい、ここはいい場所だ)

(あまり長いことここにいると戻れなくなるぞ、それでもいいのか)

神乃皇子の言葉に、雉は迷っているようにも見える。

戻れなくなるというのがどういう状態なのかよくわからないが、神乃皇子がそう言う以上、よくないことなのだろう。

(大丈夫だ、お前は強い。お前を待っている者のもとに戻るのだ)

神乃皇子のその、穏やかで力強い言葉が、由貴也の胸にずんと響いた。

これが……この人の本質なのだろうか。

(お前も)

神乃皇子に促され、由貴也はそっと雉に触れた。

(この方の言うとおりです。戻らなくては。大丈夫、あなたの怪我《けが》はちゃんと処置してもらえました。よくなりますよ、安心して)

これが自分の役割だ、若者を安心させ、もとに戻すことが。

そう思いながら雉の背を静かに撫でていると、雉が落ち着いてくるのがわかった。

(……わかりました、戻ります)

(そうだ、お前は強い。さあ)

神乃皇子が雉を抱え上げ、由貴也も反対側から手を添えると——

地面がぐずっと崩れて穴が開き、ゆっくりと落下していく。

やがて底に着き、雉はまた、若者の姿になった。

(……痛い……)

若者は顔を歪める。

(だがさきほどの痛さとは違うだろう。悪いものは取り除かれた。これはお前が耐えられる痛みだ)

神乃皇子が若者を励まし、由貴也も若者の肩を何度もさすする。

若者の表情が次第に穏やかになる。

(……眠い……)

(そうだ、ここで、この場で眠れ、目が覚めたらずいぶんと楽になっているはずだ)

神乃皇子が静かに声をひそめるようにそう言って……

若者の姿がふと消えた。

由貴也ははっと我に返った。

神乃皇子の手が、由貴也の手から離れている。

医師は処置が終わった若者の胸に再び包帯を巻いており……そして若者はすやすやと眠っていた。

今のはなんだったのだろう。

由貴也が呆然としながらゆっくり若者の額から手を離すと……

神乃皇子が由貴也を見つめ、頷く。

それでいいのだ、というように。

今のはどういうことなのか、と由貴也が尋ねようとしたとき、医師が言った。

「それでは皇子さまがた、もう一人おりますので……腹に腫物ができております」

「そうだったな」

神乃皇子がさっと面を引き締め、次のベッドに向かう。

今度の患者は三十代くらいに見える女性で、同じように神乃皇子と由貴也が向かい合って立ち、手を重ねて額に乗せると、先ほどと同じように意識は沈んでいき……

女性は、怯えたように泣いていた。

それを二人で落ち着かせ、上昇していくと、草原ではなく水の中で……女性は銀色の海蛇に変わり、ゆっくりと泳ぎ出す。

だがどこかこわごわとしていて、不安を抱きながら様子を窺《うかが》っているようだ。

由貴也は無意識に、その海蛇に寄り添うように泳ぎだしていた。

そうだ、もともと水辺や水の中が好きだったのだ、と思いながら、楽々と水の中を動けるのを感じている。

すると海蛇は安心したようにゆったりと泳ぎだし、速度が増し、遠くへと行きそうになった。

（あまり遠くへやるな）

神乃皇子の声が聞こえ、その声のほうを見ると神乃皇子は水底に立っている。

由貴也は、神乃皇子に言われたとおり、海蛇が神乃皇子から見える範囲に留まるよう、ゆるやかに行き先に回り込んで導いた。

どうしてこんなことができるのかわからない。

だが、これが自分に求められていることだと、確信できる。

現実の由貴也の身体は横目で医師を見ていて、医師は女性の腹部を開いて腫物を取り出し、そして閉じ、縫い合わせる。

そうしてまた、神乃皇子とともに女性を引き戻し――

「終わった」

神乃皇子の言葉に我に返ったときには、びっしょりと汗をかいていた。

女性の処置は終わり、やはり穏やかな寝息を立てている。

その顔を見た瞬間、由貴也ははっと気付いた。

これは、麻酔だ。

怪我人や病人の意識を、肉体から切り離して、痛みや苦しみを感じないようにする。

それを……神乃皇子と有貴皇子の力が可能にしている。

癒やしの義務というのは、そういうことなのだ……！

「お疲れさまでございました」

施療院のスタッフらしい女性が傍らに来て、小声で言った。

「他の部屋をお回りいただくのは後ほどとして、まずはご一服なさってお疲れをお取りください」

疲れという言葉を聞いて、由貴也は自分の身体が、何か運動をしたあとのように疲れているのに気付いた。

神乃皇子の顔にも疲労がほの見える。

これは……かなり体力を使う仕事なのだ。

少し離れた静かな部屋に椅子と茶が用意されていて、二人は卓を挟んで腰をおろした。

湯飲みを手に取って薄い薬湯のようなものを飲み、由貴也が思わずふうっと息をつくと。

「よくやった」

神乃皇子が、真っ直ぐに由貴也を見つめて、言った。

「最初から少し難しいことをやらせてしまったが、これほどお前がやれるとは思わなかったぞ」

ストレートな褒め言葉。

神乃皇子の目に、有貴皇子を見るときの、あの冷たい軽蔑は、ない。

だが由貴也自身は、自分が何をしたのか、何を褒められているのかよくわからない。

「あなたが、導いてくれました」

ようやく由貴也は言った。

「僕はあなたに従っただけです」

「そうかな」

神乃皇子の口元がわずかに苦笑を浮かべる。

「一人目はともかく、二人目の女は、ほとんどお前が魂を守ってやったと言える。あの女はたまたま水の気質だったから、お前がうまく導いてやれたのだ。やはりお前は水の皇子なのだな」

水の気質。

有貴皇子は水の皇子であり、そして皇族のような力はなくても、この世界の人は「風、水、火、地」のいずれかの「気」を持って生まれるのだと、神乃皇子は言った。

では人々の魂は、それぞれの気の……水なら水の生き物の姿を取るのだろうか。

だとすると最初の若者は雉だったから、地か風……？

火の生き物というのもあるのだろうか。

なんという世界だろう。

「でしたら、あの」

由貴也はふと興味を覚えた。

「僕も、姿が変わっていたのですか？　僕は、どういう姿をしていたのでしょう」

楽々と水中を泳いでいたように感じたが、何か水中の生き物の姿になっていたのだろうか。

すると神乃皇子は、口元に運んでいた薬湯を吹きそうになった。

驚愕《きょうがく》したように由貴也を見る。

こんなに感情を露《あら》わにした神乃皇子ははじめて見る。

なんだろう、尋いてはいけないことだったのだろうか。

「あ、あの」

「お前は……ああ、そこからか、それも覚えていないのか」

神乃皇子は驚きを取り繕うように咳払《せきばら》いをした。

「相手が夢の中でどういう姿をしているものなのか、うかつに尋ねることではないし、尋ねられても答えるようなことではない。さきほどの患者にも、相手の姿のことなど決して口に出すなよ」

厳しく言い含めるような口調。

「す、すみません、失礼なことなんですね」

由貴也が慌てて言うと、神乃皇子は薬湯をいっきに呷《あお》って、ため息をつく。

わかってきたようで、まだまだわからないことが多すぎる。

水底で、神乃皇子は人の姿のままだった。

では由貴也のことも、神乃皇子には人の姿に見えていたのだろうか。

と……神乃皇子は、わずかに眉を寄せた。

「それにしても……俺にはわからぬ。お前には明らかに力が備わっているのに、どうしてすべてから逃げ、何もできないふりをしていたのか」

由貴也にもそれはわからない。

有貴皇子に、義務を果たせるほどの力が備わっていたのなら、どうして引きこもっていたのだろう。

彼は何を恐れていたのだろう。

有貴皇子は、旧都へ行って以来、まるで由貴也の中からも消えてしまったかのように静かだ。

「有貴皇子」

神乃皇子は、由貴也をじっと見つめた。

「これがどういうことなのか、お前にはわかっているのか。お前は、自分の力を隠すことで、自分の父を死に追いやったのだぞ」

「え」

由貴也はぎょっとした。

神乃皇子の目にまたあの、抑えた怒りが仄見《ほのみ》える。

「お前が水の皇子として力を示す機会がないにしても、少なくとも皇子としての最低限の義務を果たしていれば、俺の父も、お前の父を排除しようとは思わなかっただろう」

——そうか、そういうことだ。

傍《はた》から見れば、有貴皇子がこうして外に出て、皇子としての力があることを表し始めたということは、「ではなぜ義務から逃げ、父を死なせた」という疑問に繋がるのだ。

なぜ……由貴也も、それを知りたい。

もし有貴皇子が、もともとの由貴也とよく似た人間だったとしたら……もしかすると。

「ゆ……ぼ、僕が弱かったから……」

由貴也も弱かった。

芳元《よしもと》家の事業を継ぐという、生れつき課せられた義務から、できれば逃げたいと思い続けていた。

自分は向いていない、と思っていたから。

なんとか、周囲の補佐を得てやっていかなければならないだろうと思いつつ、将来のことを考えると気が重かった。

そこを、叔父につけ込まれたとも言える。

ましてやそれが有貴皇子のように、将来の帝位に関わるとすれば。

有貴皇子はその重責を担えるほど自分が強くはないと思っていたのではないだろうか。

しかし神乃皇子はじっと由貴也を見つめた。

「お前は本当に弱かったのか？」

「え……？」

神乃皇子の瞳が、不思議な輝きを帯びている。

この目は……見たことがある。由貴也の心の奥深くまでも覗《のぞ》き込むような目。

そして、静かで穏やかな、低い声。

「……俺はお前によく似た……もう一人のお前と言っていいような人間を夢で見たことがある。あの瞳に宿る強さは、己と戦うことができる人間のものだった。あれは……俺の願望が見せた夢だったのか」

夢で……見た？

己と戦うことができる人間の強さ？

由貴也ははっとした。

――狼《おおかみ》。

庭で出会った、いや、夢で見たのかもしれないあの狼……！

そうだ、あのとき狼は、由貴也が自分の夢の中にいるのだと言った。そして由貴也の目を今のように覗き込み……毅然《きぜん》として誇り高いものがある、戦え、と言ってくれたのだ。

あれは夢でも幻でもなく、この世界と繋がる出来事だったのだろうか。

あの狼が神乃皇子だったのだろうか。

喉元まで出かかったその疑問を、由貴也は慌てて口に手を当てて押し戻した。

あなたは狼ですか、などと尋いてはいけない。

神乃皇子は「地」の気の皇子だと言ったし、狼は大地を駆ける「地」の生き物かもしれないが、相手がどういう姿を取るのかは口にしてはいけないと言われたばかりだ。

確かめたい……あれが神乃皇子なのかどうか。

でも確かめる方法がわからない。

由貴也が動揺しつつ何も言えずにいると、神乃皇子は肩をすくめた。

「俺にもわからない。いったいどれが本当のお前なのか……だがとにかくお前は変わりつつある、それだけは確かなのだろう」

どこか、諦めたような口調。

そこへ、扉が開いて医師の助手が顔を覗かせた。

「失礼いたします、そろそろ……」

「ああ、今行く」

神乃皇子はそう言って立ち上がり、由貴也を見た。

「このあとは楽だ。病人や怪我人を、眠らせてやるだけだ。彼らは夢の中に置いてきても、自分で戻れる」

それは、比較的病状が軽い人々に、麻酔ではなく睡眠薬を処方するような感じなのだろうか、と由貴也は思った。

よい眠りが回復に繋がるのは事実だろうから、力を持つ皇族はそれを義務として行っているのだ。

「はい」

由貴也も立ち上がると、神乃皇子は部屋を出ようとしてふと何か思いついたように立ち止まり、由貴也を見ずに言った。

「今の帝が『水』の位置に定めているのは、もともと王の身分だが特別に皇子の称号を与えた老人で、いわば応急的な中継ぎだ。本来、帝に最も血の近い水の皇子はお前であり、お前が帝の右に座るべきなのだ。それは心得ておけ」

帝と、太子と、帝の左右に置く皇族で、四つの気を揃える。

それが帝位の条件ならば、いずれ自分はそういう義務も果たさなくてはならない。

有貴皇子が避け続けていた義務を。

だがいったい「水の皇子」の力とはどういうものなのか、まだわからない。

もしかすると自分は、有貴皇子を宮から出し積極的に動かすことで、自分でも背負いきれない義務を背負い込むことになりはしないだろうか。

自分の行動は本当に正しかったのだろうか。

由貴也の背に冷や汗が伝う。

と、神乃皇子が由貴也の肩に軽く手を置いた。

「今のお前ならばそのつとめを果たせるだろう、心配するな」

その手から何か、金色に光る温かいエネルギーのようなものが由貴也の中に流れ込んだような気がした。

それを意識した瞬間……由貴也の胸がぎゅっと詰まり、頬が熱くなった。

これがこの人の――本質。

義務から逃げている有貴皇子に対しては冷たい軽蔑のまなざしを向けていたが、義務と向き合おうとしている由貴也には、こんなにも穏やかで優しい、そして力づけるような気持ちを向けてくれる。

それはこの人自身が、義務と正面から向かい合っているからだ。

そして……間違いない。

神乃皇子は、金色の目をした夢の男であり、そしてあの狼だ。

いったいどういうふうに繋がっているのかわからないが、この人は、自分の心に力を、そして身体に熱を注ぎ込んでくれた、同じ存在だ。

思い出すまいとしていた、あの、身体に刻まれた記憶が蘇りそうになるのを、首を振って振り払い、由貴也は神乃皇子に続いて部屋を出た。


「これからはお前一人でも大丈夫だ」

その日のつとめを終えると、宮に向かって馬を並べながら神乃皇子が言った。

「大変な施術になれば二人でやったほうがいい場合もあるが、今日の後半くらいだったら、一人で通ってみろ」

確かに、最初の大きな施術のあとは、熱にうなされたり痛みで眠れない人を、動物の姿をした魂を居心地のいい場所に誘うだけで、最後の二人ほどは神乃皇子が見守る中、一人で行うことができた。

だが……これでもう、神乃皇子と一緒に行動するのは終わりなのかと思うと、あまりにもあっけない気がする。

「……頑張ります」

それでもなんとかそう言うと、神乃皇子は頷いた。

「そうしろ。ごくまれに、上手く連れて行けないことや、魂が戻ってこないこともあるが、その場合は俺を呼べ……いや、他の皇子でもいいのだが」

付け加えられた言葉が、かすかに突き放すような気配で、ふと不安を覚える。

「他の皇子さま……」

「この間何人かと顔を合わせただろう。彼らとももっと交流を深めたほうがいい」

それは有貴皇子の立場を思って言ってくれているのだとわかるので、由貴也は頷いた。

「ああ、だが」

神乃皇子は、由貴也を見た。

「めったにないことだが、もし、呪われしものだという疑いがあったら、俺を呼べ」

由貴也はぎくりとした。

呪われしもの。

由貴也自身最初にそう疑われ……そして神乃皇子が違うと判定してくれた。

だが由貴也自身、本当に自分がこの世界で「呪われしもの」と言われる存在ではないという自信はない。

自分の中の有貴皇子が鳴りをひそめている状態だとなおさらだ。

そんな自分が……

「僕に、呪われしものなど……わかるでしょうか」

ぽつりと言うと、神乃皇子は肩をすくめた。

「そのときにならなければわからない。呪われしものを判定できる皇子は少ない。今は俺を含め、三人だけだ。お前が四人目なのかどうかは、俺にはわからん」

そういうことか、それはまた別の能力なのだ。

呪われしものというのは、別世界から来たような全く別の人格に変わってしまうことらしい、ということはわかっている。

もしそれが本当に、由貴也のように、別世界の記憶を持っている人だとしたら。

由貴也は自分を棚に上げて、その人を告発することなどできない。

だとしたら……皇子としての義務はもちろん果たすべきだとは思うが、できれば有貴皇子に、自分に、その力がありませんように。

由貴也はそう祈るしかない。

やがて、有貴皇子の宮に通じる坂の下まで来ると、神乃皇子は馬を止めた。

「では、俺はここで。馬はその男が連れて帰るから。お前も、帝の馬寮に願い出て、自分の馬を支給してもらうといい」

そうだ、今日の馬は神乃皇子が出してくれたもの。

「いろいろ、ありがとうございました」

由貴也はそう言って神乃皇子を見て――

目が、合った。

その瞬間、由貴也の心臓がばくんと跳ねた。

神乃皇子が由貴也を見つめている……その目の中に、何か切なく甘いものがある。

じわりと、尾てい骨から生まれた熱が背骨を伝って這い上がってくるような気がする。

「……俺は」

神乃皇子はわずかに躊躇い、それから低く言った。

「お前が自分を取り戻してくれて、俺は嬉しい。それは言っておく」

穏やかで優しい、深い声音。

さきほども由貴也が、神乃皇子の本質だと感じたものが、その目に、声に、在る。

由貴也は耳が熱くなるのを感じ、俯《うつむ》いた。

「……僕も……この先も、こういう自分でありたいです」

そう言ってから、それが……有貴皇子として生きていたいという意味だと気付いた。

有貴皇子としてこの世界で生き……そして神乃皇子と関わっていきたい。

「うむ」

神乃皇子は頷き、それからふと、こちらに手を伸ばしたかと思うと、由貴也の頬に指先で触れた。

優しい触れ方。

だがそれは一瞬で離れ、神乃皇子は馬を数歩後ずさりさせて由貴也の馬から離れる。

「では」

神乃皇子はそのまま馬首を翻し、速歩で去って行く。

家人が慌てて後に続き、由貴也は呆然とその、颯爽《さっそう》とした後ろ姿を見送った。

——今のは、なんだろう。

彼の指先から伝わってきた、優しい、しかし抑えた感情は。

そして由貴也は、もっと触れて欲しい、と思った。

それを自覚した瞬間、身体の奥から溢れてきた熱を、由貴也は宮にたどり着くまでなんとか押さえ込んだ。

出迎えた乳母に「うまくいった、疲れたので休む」とだけ言って、寝室に入って扉を閉めると、戸の扉を背にへなへなと座り込む。

この、身体の熱さ。

思わず脚の間に手をやると、そこは熱く反応していた。

神乃皇子に抱かれた、あれはまだたった、昨日のことだ。

あのときは何がなんだかわからなかったし、神乃皇子も「意味はない」と言った。

だが今、由貴也は神乃皇子に温かい言葉をもらい、優しく触れられ、身体の疼《うず》きとともに、胸が痛いような切なさを覚えている。

これまで誰かと深く関わることができずに生きてきて、誰にもこんな気持ちを覚えたことはなかった。

それでも、心と身体がともに彼を求めている、それにどういう名前がつくのかくらいはわかっている。

……好き、なのだ。

由貴也はとうとう、自分の中でそれをはっきりと言葉にした。

あの人が好きなのだ。

どうしよう。

どうすればいいのだろう。

こんな気持ちを抱き、それを押さえ込んだまま、有貴皇子として生きていってもいいのだろうか。

（有貴皇子……有貴皇子、いないの？　消えてしまったの？）

由貴也は必死に、有貴皇子に呼びかけた。

（あなたは彼を怖がっていた、それはどうして？　僕は彼が怖くない……そして、彼のことを、好きなんだ……あなたはそれで、いいの？）

（僕はこのままここで、皇子としての義務を果たしながら、生きていこうとしている。あなたはそれで本当にいいの？）

（本当に、僕が有貴皇子になってしまって、いいの？）

だが有貴皇子の気配はまるでなく、由貴也の心の奥底は静まり返っていた。


それから何度か、由貴也は「癒やしの義務」を果たしに行った。

皇子たちはいわばローテーションを組んで、都に二カ所ある施療院に通い、ときには都から離れた場所にある施設にも泊まりがけで行ったりしている。

他の皇族たちは有貴皇子が加わったことを歓迎し、当面、都の施療院に十日に一度ほど通うという当番にしてくれた。

基本的に一人だが、途中で他の皇子が様子を見に短時間来てくれることもあり、由貴也はいつしか、まるで生まれたときからこの世界の皇子であったかのように溶け込みはじめていた。

とはいえ、内気な本質は変わらない。

相手も、有貴皇子がとうとう宮を出て生きはじめたとはいえ、もともと内向的であることがわかっているのだろう、強引に親しくなる、というほどではない。

そして……神乃皇子とは、あれから一度も顔を合わせていない。

さみしい気もするし、自分の気持ちを自覚してしまって、どういう顔をすればいいのかという気持ちもある。

だが神乃皇子は「お前が自分を取り戻してくれて嬉しい」と言った。

今の由貴也はもともとの有貴皇子が「自分を取り戻した」わけではなく、神乃皇子を騙《だま》しているという罪悪感はあるが、同時に、有貴皇子ではない、本来の自分を認めてもらえた、という嬉しさもある。

いつか……こういう、幾重にも重なった複雑な気持ちを、整理できるときが来るのだろうか。

「有貴皇子」

その日、施療院でひととおり「癒やし」を行って休んでいると、一人の男が入ってきた。

何かの役職にあるのだろう、黒い布冠を被《かぶ》った四十がらみと思われる、年配の男。

旧都への行幸のときに歌を褒めてくれた皇子の一人だ。

「たづのみこさま」

由貴也の口から、自然にその人の名前が出た。

たづのみこ……田主皇子。

同時に、脳裏にその漢字も浮かぶ。

こういうとき、自分の中に、確かに有貴皇子の記憶はあるのだ、と思う。

もしかすると自分と有貴皇子は、ゆるやかに一体化しつつあるのだろうか。

「熱心に義務をお果たしのようですな」

田主皇子は穏やかに言って、由貴也の向かいに座った。

「患者たちの評判も大変よろしいようで、私も嬉しい」

にこにこと笑ってそう言う。

「有貴皇子と私は、年は離れているし、父方では又従兄弟ではあるが、母方では叔父《おじ》甥の間柄、陰ながらずっとご心配申し上げていたのですよ」

複雑に絡み合った皇族の関係の中でも、比較的血縁の近い人なのだとわかる。

「……長いこと、ご心配をおかけいたしました」

由貴也は頭を下げた。

「なんとか……できることからはじめております」

「うむ、ゆっくり、無理はなさらぬがよろしい」

田主皇子が頷き、

「よろしければ近々私の宮に遊びに――」

そう、言いかけたとき。

誰かの、叫び声が聞こえたような気がした。

由貴也と田主皇子がはっとして部屋の扉のほうを見ると、

「抑えよ！」

「そちらは皇子さまがたの――」

口々に叫ぶ声と、何人もの足音が近付いてきて、そして扉ががらりと開けられた。

一人の男が転がるように部屋の中に入ってくる。

そのあとを、施療院で働く男たちが追ってきて、その男を押さえつけた。

「何ごとだ」

田主皇子が立ち上がって尋ねると、

「お騒がせいたして申し訳ありません」

由貴也も顔を見覚えている、医師の助手が言った。

「この男が……長いこと眠っていたのですが、さきほど起きた途端に暴れて……」

押さえつけられている男は、確かにここで患者に与えられる、膝丈ズボンの簡素な服を着ている。

それは、白髪頭の、無精髭《ぶしょうひげ》を生やした、痩《や》せた男だった。

「乱暴はするな」

田主皇子が言って、男の前に膝をつく。

「どうした、何かに驚いたのか」

「ここは……なんなんだ！」

男はもがきながら叫んだ。

「いったい私はどうなったんだ！　ここはどこだ……！」

田主皇子は相手を落ち着かせようと、穏やかに言った。

「ここは帝の施療院だ。お前は……」

そう言って、医師の助手を見る。

「この男はどうしてここへ？」

「妻とともに、山に山菜を採りに入って、崖から落ちたのです。大きな怪我はなかったのですが、頭を打ったらしくて二人とも意識がなく……しかしつい先ほどようやく目を開けたと思ったら、暴れ出して」

「と、いうことだが」

田主皇子は男をもう一度見た。

「崖から落ちたのは覚えているか？　山に入ったのは？」

「崖からは落ちたが……山菜採りなどするものか！」

男は叫んだ。

「車ごと崖から転落したんだ！　交通事故だ！　ここは普通の病院じゃないのか。だいたいお前たちの服装はなんの仮装だ！」

それを聞いた瞬間……施療院の男たちはぎょっとしたように後ずさった。

田主皇子も顔色を変える。

「これは、まさか」

そして……由貴也も、愕然《がくぜん》とその男を見ていた。

車で、崖から転落。

交通事故、という言葉。

そして……この、高飛車で尊大な物言いは……！

これは、叔父だ。

由貴也からすべてを取り上げ、最後には殺そうとして、縛り上げて車に乗せた……従兄の信司が運転する車で、叔父叔母もろとも崖に落ちた……

あの、叔父だ！

その瞬間、由貴也の胸の奥底から、炎のように吹き出してきた思いがあった。

（憎い）

（この男が憎い……！）

由貴也は息が止まりそうになり、胸を押さえた。

これは、なんだろう？

叔父への憎しみと怒り……自分はこんなにも叔父を憎んでいただろうか？

確かに叔父にはすべてを奪われ、殺されかけもしたが、由貴也の中には半ば諦めのようなものもあって……これほどの憎しみや怒りが、自分の中に存在したのが不思議だ。

いや……なんだかおかしい。

その感情を、客観的に眺めて不審に思っている自分も、存在する。

これは、有貴皇子の感情だ、と由貴也は気付いた。

鳴りをひそめて、消えてしまったかのように感じていた有貴皇子が、今、叔父への憎しみを滾らせている。

どうして？　叔父にひどい目に遭わされたのは芳元由貴也であって、有貴皇子ではないはずなのに。

と……

「呪われしものだ」

一人の男が呟いた。

「これは、呪われしものだ……！」

施療院の男たちが口々に言い始める。

そして由貴也にも、はっきりとわかる。

自分と同じように、叔父もまた、この世界の人間の中に、魂が入ってしまったのだ。

由貴也の中には有貴皇子の記憶が断片的にあったが、叔父の中には、そもそものその身体の持ち主の記憶は、ないということなのだろうか。

百パーセント、あの叔父なのだろうか。

「騒ぐな」

田主皇子が慌てて男たちをなだめ、それから由貴也を見た。

「有貴皇子、どう思われる？　私は、呪われしものを判定する力を持たぬ。有貴皇子はその力をお持ちなのか？　そうでないなら、神乃皇子か誰かを呼びにやらねば」

神乃皇子が来たら……わかってしまうだろう。

これは「呪われしもの」だと。

そしてもし「呪われしもの」と判定されたら……殺されてしまう……！

由貴也にとって叔父は許せない相手ではあるが、その身体の主のことを考えると、殺してしまうなどというのは間違っている、という気がする。

「有貴皇子？」

田主皇子が、再び答えを促すように由貴也を呼んだ。

とにかく……この場をなんとかしなくては。

(有貴皇子、お願い、今は怒りを抑えて……！)

由貴也は必死に溢れ出る有貴皇子の感情を押さえ込んだ。

「……この男の、一緒に怪我をしたという、妻を連れてきてください」

声が震えるのをなんとか抑えて、施療院の男たちに言った。

「妻のほうも見てみましょう」

「は」

二人の男がさっと部屋を飛び出していく。

「有貴皇子、あなたにはおわかりなのか？」

田主皇子の問いに、由貴也は首を振ってみせる。

「よくわかりません……僕もまだ……経験がないので。でも、何かおかしいという感じはします」

とりあえずはそう言ってごまかす。

すぐに廊下にまた足音と、女の金切り声が聞こえて、一人の女が連れてこられ、男と並んで座らせられた。

「どういうことなの！　離して！　ここはなんなの！　夫はどこ⁉」

両肩を押さえつけられながらも、女はわめいている。

叔母だ。

やはり間違いなく、あの、叔母だ。

再び有貴皇子の憎しみが炎のように吹き上がろうとするのを、由貴也は必死に抑えた。

「お前の夫はこれだろう」

施療院の男がそう言うと、女は隣の男を見て首を振った。

「こんなのは私の夫じゃないわ！」

そうだ、顔が、違うのだ。

由貴也と有貴皇子は、顔が似ていた。

だが叔父と叔母は、全く容姿が違う夫婦の中に入っていて、お互いがわからないのだ。

「夫はどこ？　息子は、息子の信司《しんじ》はどこ⁉」

女の叫びに、男がぎょっとしたように女を見る。

「信司だと？　それは俺の息子の名だ」

「なんですって？」

男と女は、互いに探るように相手を見るが、まだ相手が誰なのかは確信がない様子だ。

「有貴皇子、どうです」

田主皇子が尋ねたので、由貴也は必死にこの場をなんとかする方法を考えた。

とにかく、「呪われしもの」としてこの二人を死なせるわけにはいかない。

何が起きているのかちゃんと知りたい。

「……怪しいとは、思います」

叔父叔母は、由貴也を見ている。

叔母の目に訝《いぶか》しげないろが宿ったのを見て、由貴也はぎくりとした。

有貴皇子と由貴也は顔が似ている。

服装や髪型が違うとはいえ、何か怪しんでいるかもしれない。

彼らがパニックを起こしているうちに、なんとかしなくては。

「とにかく、ここで騒ぎを続けるわけにはいきません」

施療院の中はざわめき、自力で歩ける病人たちが幾重にも、廊下から部屋の中を覗き込んでいる。

「そうだな、騒ぎが続くと重病人にもよくないだろう」

田主皇子が頷く。

「ではどうなさる?」

「……私に考えがありますので、ひとまずは私の宮へこの二人を」

由貴也は早口で言った。

「あとで私のほうから、神乃皇子をお呼びして対処いたします」

「そうか、それならばお任せしよう」

田主皇子が言い、

「では誰か、この二人を有貴皇子の宮へ。暴れるようなら縛ってしまえ」

「はい」

「何をするんだ！」

あんのじょう叔父叔母は暴れだし、施療院の男たちが力尽くで二人を部屋から連れ出す。

由貴也はほうっと息をついた。

ずっと、自分の中に湧き上がる有貴皇子の憎しみと戦い続けていたのだが、叔父叔母の姿が見えなくなると、怒りや憎しみが弱くなっていくのを感じる。

「では、私はこれで」

由貴也は田主皇子にそう言って頭を下げ、叔父叔母のわめき声が遠ざかる方向に、早足で向かった。


宮で、ひとまず叔父叔母は外から閂《かんぬき》のかかる物置に入れられた。

「まあああまあ、あれはなんなんです、どうなさるおつもりです」

乳母がおろおろしているのを「考えがあるのだから」と宥《なだ》め、誰も近付かないように命じてから、由貴也は自分の寝室に入った。

脚が、震えている。

自分の中の有貴皇子が、再び荒れ狂いそうになるのを感じている。

(有貴皇子、落ち着いて)

崩れるように椅子に座り、深呼吸して、由貴也は尋ねた。

(あなたが憎んでいるのは誰？　あれは僕の……芳元由貴也の叔父叔母で、ひどい目に遭わされたのは僕なんだ)

(あれは、敵だ)

有貴皇子の声が、頭の中に響いたような気がした。

(敵……？)

(僕の父を殺し、僕からすべてを奪った敵だ……！)

由貴也は混乱した。

有貴皇子の父を殺したのは、弟……神乃皇子の父である今上帝だ。

叔父は……由貴也の父を、殺してはいない、はずだ。

両親は、海外に出かけて、列車の事故で亡くなったのだ。

大企業の経営者夫妻の悲劇ということで大きく報道もされたから、その死因に間違いはないと思う。

それなのにどうして有貴皇子は、叔父叔母に反応するのだろう。

由貴也が旧都への行幸に供奉することになって、今上帝に会ったときも、有貴皇子は反応していなかったのに。

（彼らは僕を閉じ込めた……幽閉し……亡き者にしようと企んだ……！）

有貴皇子は言う。

だがそれは、由貴也自身の境遇のことだ。

この世界での有貴皇子は、父帝が亡くなったあと、自ら引きこもっていたはずだ。

（有貴皇子、あなたは、僕とあなたを混同している……？）

由貴也は尋ねた。

（よく考えて、あなたは有貴皇子で、お父上は先帝で、今上が叔父上で、そして神乃皇子はその息子で……あなたの従兄で）

関係を整理しようとすると、

（従兄！）

その言葉に有貴皇子が激しく反応した。

（従兄、僕からすべてを奪おうとした、叔父の手先の、従兄！　子どものころから僕を軽んじ、蔑み、僕が太子にふさわしくないことを暴こうとし――）

爆発する有貴皇子の感情の中で、神乃皇子と、由貴也の従兄である信司の顔が重なり合った。

まるで似てはいない二人なのに。

有貴皇子の中では、その二人がひとつになっているようだ。

（あの男がいなければよかったのに！）

ふいに有貴皇子が言った。

その瞬間由貴也の脳裏に浮かんだのは、神乃皇子の顔だった。

有貴皇子は、神乃皇子のことを言っているのだ。

（あの男さえいなければ、僕はこんなふうに生きなくてすんだのに……！）

由貴也は信司に嫌われているのは知っていたし、由貴也自身も信司が苦手ではあったが、あくまでも叔父叔母に付随する人間としてであり、これほどに拒絶したことはなかった。

（あの男が怖い、怖い、怖い、憎い、憎い、憎い……）

「やめて！」

由貴也は思わずそう叫び、両耳を覆った。

だが自分の中から聞こえてくる有貴皇子の声は消えない。

（叔父などどうでも構わない、だがあの男だけは……！）

由貴也は、有貴皇子に自分が責められている、と思った。

これほどまでに有貴皇子が憎んでいる神乃皇子を、由貴也は好きになってしまった。

それどころか……その気持ちを自覚するよりも前に、身体を重ねてしまった。

なんということをしてしまったのだろう。

有貴皇子に申し訳ない。

だが、有貴皇子がどうしてこんなにも神乃皇子を憎むのか、由貴也にはどうしてもわからない。

あの人の、穏やかで優しく、力づけてくれる瞳、声音。

引きこもって「逃げている」有貴皇子を冷たく軽蔑していたが、外に出て義務を果たすべく努力をしはじめたら、それを認め、励ましてくれた。

あの人を……由貴也は憎むことなどできない。

だがもし逆だったら？

有貴皇子が由貴也の身体に宿り、信司を好きになったら？

あの信司を、ありえない、と思うが……有貴皇子にしてみたら、あの神乃皇子を、ありえない、と思うだろう。

（ごめんなさい、有貴皇子）

由貴也の目から涙が溢れ出した。

（あなたの身体で、僕は勝手なことをしている。でも僕は……僕はここで生きていくためには、あなたの身体で僕自身として生きていくしかない……）

あの狼に「戦え」と言われ、自分自身と戦わなくてはと思った矢先に有貴皇子になってしまい、これまでの有貴皇子のように宮に閉じこもって生活していたら、きっと心が死んでしまっていた。

この世界を好きだと思えるから、なおさらこの世界できちんと生きたかった。

だがそれはどこかで、もうこのままずっと有貴皇子として生きていくのだと思っていたからだ。

そうではなく、また「芳元由貴也」に戻ることがあるのだろうか？

有貴皇子がこの身体に戻ったら、また自殺を図ろうとするのだろうか……？

そもそも、自分の……「芳元由貴也」の身体はどうなっているのだろう。

叔父叔母が「崖から落ちた」という夫婦の中に入ったのなら、単純に入れ替わったのだろうか。

元の世界に、この世界の人が行ってしまったのだろうか。

それとも。

あのまま事故で……由貴也も叔父叔母も信司も……身体が死んでしまったのだろうか。

由貴也ははじめて、その可能性に思い至った。

もう戻る身体がないとしたら。

（有貴皇子、だとしたら僕は……あなたが表に出てきて僕を押しのけない限り、やっぱり僕の意識で、あなたとして生きていくしかない……！）

しかし、有貴皇子は応えなかった。

また、どこか奥深くに沈み込んで存在を消してしまったかのようだ。

由貴也はようやく、手足の震えが治まってきたのを感じ、立ち上がった。

とにかく、叔父叔母の様子を見なくては。

あのまま施療院に置いておくわけにはいかないと思い、とっさの思いつきでこの宮に連れてきてしまったが、あの二人をどうすればいいのだろう。

叔父叔母の存在は由貴也にとっても不快ではあるが、やはりもとの身体の持ち主のことを考えても、殺させるわけにはいかない、と思う。

部屋の外に出て物置に向かうと、乳母が言いつけたのだろう、家人が一人扉の前で番をしていた。

「中の様子は?」

由貴也が尋ねると、

「最初はわけのわからないことをわめいておりましたが、静かになったようです。小声で何か話しているようですが、内容までは」

家人は戸惑いながら答える。

「では、僕が中に入るから、入ったらまたすぐに閉めてくれる?」

由貴也はそう言い、家人が閂をはずして細く開けた扉から身体を辷りこませた。

すぐに背後で扉が閉まり、閂が再びかけられる。

そして、叔父叔母は……この世界の男女の姿をした叔父叔母は、物置の奥で警戒するように寄り添って座っていた。

「……落ち着きましたか」

由貴也は躊躇いながら彼らに少し近付き、尋ねた。

すると、叔母がきっと由貴也を睨《にら》み付けた。

「やっぱりそうだ、お前は由貴也だね！」

由貴也はぎょっとして後ずさった。

背中に扉が当たる。

「ほら、やっぱりそうだ。顔が似ているからそうじゃないかと思った。ね、あたしの言ったとおりでしょう？」

叔母が叔父に向かってまくしたてる。

最初は互いがわからないようだった叔父叔母も、息子の信司の名前をきっかけに記憶を確かめ合ったのだろう。

そしてこうなったら、自分が由貴也であることも隠し通す自信はない。

「……そうです」

由貴也は意を決して言った。

「それで、これはどういうことだ」

叔父がすごむ。

「僕にもよくわからないんです……でもとにかくここは別世界で……この世界の人の中に入ってしまったんです。お二人は、自分の中に他人の記憶があるような気がしますか？　その身体のもともとの持ち主の記憶が」

とにかくこれだけは確かめなくては、と思う。

「そんなものがあるか」

「そうよ、そんな気持ちの悪い」

二人が即答したのを聞いて、由貴也はやはり、と思った。

この世界で言われている「呪われしもの」というのは、完全に人格が入れ替わってしまい、もとの記憶がない人のことを言うようで……そして叔父叔母はそうなのだ。

有貴皇子の記憶が断片的にある自分は、何かが違うのだ。

「で、どういうことなの。他人の身体になってしまったから、どうだっていうの」

叔母は焦れているようだ。

「全くの別人格になったことがばれると……殺されてしまうんです」

由貴也は思い切って言った。

「殺される……？」

叔父叔母は顔を見合わせる。

「でも由貴也、お前は殺されもせず、ずいぶんといい扱いを受けているようじゃないか。なんで私たちはこんなところに閉じ込められているんだ」

「お二人を守るためです……僕は少し、状況が違うようなので」

由貴也は必死に言った。

「とにかく決して、人格が入れ替わってしまったなどと言わないでください。あとのことは僕がなんとか考えますから」

「なんとか考える、だと？」

叔父が眉を寄せた。

「お前を信用できるものか。俺たちがお前を殺そうとしたことを忘れたのか？」

わかってはいたが……こんなにもきっぱりと「お前を殺そうとした」などと言われると、由貴也の胸は痛んだ。

それでも……この世界に迷い込んでしまった身内だ、と思うのは甘いのだろうか。

「……覚えています、でも」

由貴也は躊躇いながら言った。

「とにかく僕はここでこうして生きているのですから、そのことはひとまず忘れて――」

「忘れるだと？」

信用するものか、という口調の叔父を、叔母が肘で突いた。

「あなた、とにかく二人して幻覚を見てるわけでもなさそうだし、由貴也の言うことを信じるしかないわ」

叔母は抜け目のない笑みを浮かべて由貴也を見る。

「あなたが、私たちを助けてくれるというのなら、あなたに縋《すが》りましょう。人格が入れ替わったとは決して言わない……それからどうすればいいの？」

とりあえずは納得してくれたのだ、と由貴也は少しほっとした。

「僕にもまだ、この世界のことが完全にわかっているわけではないんです。お二人は僕が預かっているかたちになりますので、何かいい方法を考えつくまでここでおとなしくなさっていていただけますか」

「ずっと閉じ込めておくつもりじゃ――」

激昂《げっこう》しかけた叔父の口を、叔母が塞ぐ。

「仕方ないわよ！　殺されるよりもいい！」

そう言って叔母は、由貴也を見る。

「任せるわ、しばらくおとなしくしてればいいんでしょ。とにかく何か、こんなぼろじゃなくてもう少しまともな服と、ちゃんとした食事をちょうだい」

これで何日かは考える時間がある、と由貴也はほっとした。

これ以上この二人とこの狭い空間にいると、息ができなくなりそうだ。

「わかりました」

由貴也は頷き、急いで物置を出た。


胸がむかむかする——吐きそうだ。

由貴也は寝室に戻り、心配して顔を出した乳母に、叔父叔母を乱暴には扱わないようあれこれ頼んでから、ベッドに倒れ込んだ。

この気持ちの悪さは……自分の中の、有貴皇子が感じているものだという気がする。

由貴也本人以上に、有貴皇子が叔父叔母に反応している。

帝に会ったときには何も感じなかったのに。

これはどういうことだろう。

だがとにかく……疲れた。

頭も身体も、休めたい。

そう考えながら目を閉じると、あっという間に眠りに入っていき——

誰かに、抱き締められるのを感じた。

暗闇の中で感じる。力強い腕、逞しい胸……そして温かな素肌。

(あなただ)

由貴也はそれがあの、夢の男だとすぐわかった。

とても久しぶりだ。
そもそもこちらの世界に来て、夢を見たのははじめてだと気付く。
由貴也は男の胸の中で顔を上げ、相手の目を見た。
金色に光る瞳。
(やっぱり……あなただ。あなたの姿が見たい……)
この暗闇に、どうやったら光をともせるのだろう。
腕を伸ばし、男の身体を抱き締める。
(これが本当のあなたなの……? あの狼との関係はあるの……?)
頭の中で狼を思い浮かべたとき、ふいに腕に感じる感触が変わった。
少しごわついた、しかしやわらかな毛皮の感触。
そして金色の瞳の周囲がじわりと明るさを増していき……
それが、人ではなく鼻面の長いけものの姿になる。
由貴也は裸のまま、狼の前足の間にすっぽりと抱かれていた。
温かい。
温かくて、優しい。
(お前が苦しんでいるような気がした)
狼が低く言った。

（お前の苦しみが聞こえたので、呼んだら、お前が現れたのだ）

呼んだ……？

どういう意味だろう、と思いながらも由貴也は狼にそっと凭《もた》れた。

人間の男の身体に抱かれていると腰の奥に疼くような熱が生まれるのだが、狼にこうして抱かれていると、心が狼の毛皮に包まれるように安心した気持ちになれる。

どちらも心地いい。

やはり夢の男は、あの、庭の狼だったのだ。

では……「彼」との関係は……？

由貴也が神乃皇子の顔を思い浮かべたとき……狼が低く言った。

（やはりこれが、お前の姿なのか）

どれが？

由貴也には、自分が人のかたちであることしかわからない。

（あなたが見ている僕は……どれ……？）

（俺の夢の中の、お前だ）

狼の声は、神乃皇子の声のようにも思える。

（お前が現実に存在するのなら……俺は、お前に会いたい。俺だけが知っている、本当のお前に会いたい……！）

その声が切実に、哀願するようにさえ聞こえ、由貴也の胸を抉《えぐ》った。

会いたい。

由貴也も、夢の男と狼と神乃皇子が繋がっているのなら……そしてその「彼」が、夢の中でこうして会っている由貴也に会いたいと思ってくれているのなら。

由貴也も彼に、会いたい。

そして、自分たちの繋がりがなんなのかを知りたい。

と、由貴也はぼんやりとした明るさの中で、狼が自分を抱き締めている空間が見えたような気がした。

それは、あの陋屋のように見えた。

嵐から避難して、神乃皇子が火を熾してくれ……そして抱き合った、あの場所。

（あなたはあそこにいるんですか？）

癒やしの義務に連れて行ってもらって以来、神乃皇子には会っていない。

見かけてもいない。

彼は今、あそこにいるのだろうか。

だったら、自分も行きたい。

行かなくては――！

そう思った瞬間、由貴也は目を開けた。

有貴皇子の宮の、寝室のベッドの上。

帳《とばり》の隙間から、朝の光が洩れている。

そして由貴也の胸は、何かにせき立てられているように脈打っている。

行かなくては、あそこへ。

由貴也は飛び上がるようにベッドから降り立った。


家人を連れず、一人で馬に乗って、由貴也は都を出た。

旧都へ。

道は覚えている。

帝の行幸の行列だと半日以上かかった行程だが、一人で馬を走らせるともっと速い。

先へ、先へ、と由貴也は急いだ。

何が自分をせき立てているのかよくわからないが、とにかく行かなくては、と思う。

都を出て田舎道に入り、埃《ほこり》の立つ土の道を急ぎながらも、由貴也は沿道の景色が、胸が痛いほどに美しい、と思った。

高い建物など何もなく、道の両側には実り豊かな田畑が広がり、働く人々が見える。

時折茂みから狸《たぬき》か狐《きつね》のようなものが飛び出したり、鳥の群れが飛び立ったりしている。

遠くには緑の低い山が連なり、その稜線《りょうせん》が空に溶けている。

……ここは、僕の世界だ、と由貴也は思った。

この世界にいたい。

この世界で生きたい。

以前の世界よりもここのほうがずっと、自分が生きるべき世界だという気がする。

これはなんなのだろう。

やがて……旧都に入る手前、人気のない道から少し入ったところに、あの陋屋が見えた。

由貴也は少し手前で馬を止め、躊躇った。

建物の周囲に、誰かが乗ってきたらしい馬の姿はない。

本当にここに、彼がいるのだろうか。

夢を見て、彼がいると決めつけて急いできたけれど……ただの夢ではなかっただろうか。

不安が募ってくる。

だがとにかく、ここまで来たのだ、確かめてみるしかない。

馬を下り、道沿いの木に繋いでから、ゆっくりと建物に近付く。

歪んだ扉に耳をつけて中の様子を窺ってみるが……物音はしない。

やはりあれはただの夢？

そう思いながら、がたつく扉をなんとか開けて中に一歩足を踏み入れると……

一人の男が、土間から降りようとしているところだった。

神乃皇子。

本当に……いた……！

その神乃皇子は、驚きと戸惑いを顔に浮かべて由貴也を見ている。

「……お前が、どうして……？」

訝《いぶか》しげな声に、由貴也は、呼ばれたのではなかったのか、と思った。

「す、すみません、僕……」

きびすを返して出ていきたい衝動にかられたが、だめだ、と思いとどまった。

わけのわからないことを、わけのわからないままにしておきたくない。

「僕は、あなたに呼ばれたと思って」

「俺が？　呼んだ？　お前を……？」

神乃皇子は額に手を当てた。

「いや、呼んだ……呼びはしたが……あれは……」

「夢の中で……っ」

由貴也は思い切って言った。

「僕がずっと夢に見ていた人……そして、庭で出会った狼……あれは、あなたじゃないんですか……？」

それを口に出すのは失礼なことなのかもしれないが、それを言わないと先に進めない。

神乃皇子がぎょっとしたように動きを止めた。

やはりそうだ、神乃皇子の、夢の中での姿が狼なのだ。

「僕はずっと、あなたを知っていたんです……！」

神乃皇子は、無言で由貴也を見つめていた。

やがてゆっくりと口を開く。

「お前は……誰なのだ」

言うべきだろうか。

言わなくてはいけないのだろうか。

もし、自分は有貴皇子ではなく、別世界の芳元由貴也という人間なのだと言ったら、神乃皇子は由貴也を「呪われしもの」と認定し、そして殺すのだろうか。

やはり……怖い。

それでも。

「僕は……」

思い切って言いかけたとき、

「俺の夢の中にいた、有貴皇子と似てはいるが違う男……あれは、お前なのか」

神乃皇子がそう言って由貴也に大股で歩み寄り、間近で視線を合わせた。

「あれは、俺が勝手に作り上げた、こうであってほしいというお前の姿だと思っていた。だがあれが本当のお前で、俺は、夢の中でお前に会っていたのか!?」

神乃皇子がゆっくりとその両手を、由貴也の頬に当てた。

その瞬間――

「あ！」

電流に打たれたような感じがして、由貴也は思わず叫んだ。

神乃皇子の手から、奔流のように記憶が流れ込んでくる。

神乃皇子の前にしゃがみこむ、半ズボンの少年。

「しゅくだいがたいへんなの」という声。

さまざまな年齢の、同じ少年が、さまざまなことを話しかけている記憶が、何重にも重なり合っている。

これは、この少年は――由貴也自身だ。

別荘の庭で、あの石像に話しかけていた、由貴也の姿だ。

「また、うっかり同級生の落とし物に触って、その子の悩みを感じたんだけど……口に出してはいけないのが、辛いんだ」という吐露も。

同時に由貴也の中から、さまざまな記憶が溢れて神乃皇子のほうに流れ込んでいくのがわかる。

両親の死……叔父による乗っ取り……別荘への軟禁……そしてあの、事故。

目が覚めたら有貴皇子の中にいたことも。

そして、叔父叔母が施療院の患者として目覚めたことまで。

すべてが神乃皇子の中に流れ込んでいる。

やがて……

「……そうか」

どこか呆然とした声で、神乃皇子が言った。

その目はじっと由貴也の目を覗き込んでいる。

「あれはお前だったのか。夢の中で俺に話しかけていたのは。言っている言葉の中によくわからないことがあったが、それでも、弱い自分を自覚しつつも、努力しなくてはという、強い義務感と芯の強さがあるのが好ましかったのだ」

「では、あの……庭の石像は……狼の像は……あなただったんですか……？」

神乃皇子は頷く。

「俺たちは夢の中で、自分の本質を表す生き物となり、知らない世界に行く。その知らない世界に自分の似姿があると、それを拠《よ》り所としてまた同じ場所に行ける」

似姿を拠り所に。

あの、古い石像……狐のようでいて狐よりも精悍《せいかん》に見えた、あの石像。

神乃皇子はあれを拠り所にして、夢の中であの別荘の庭に現れていたということなのか。

「だが、お前の姿はいつもぼんやりとしていて、顔まではっきりとわからなかったのだ」

神乃皇子は考えながら言った。

「それなのに、最後のあの会話のときだけ、お前の顔がふいにはっきり見えた。そしてその顔が……有貴皇子に似ていたので、俺の願望なのかと思ったのだ」

最後の会話、それは……

「僕がはじめて、直接あの石像に触れたときのことだと思います」

「はじめて直接触れた……それで何か、変化が起きたのか」

神乃皇子はまじまじと由貴也を見つめる。

「ではあれは、俺が作り出した夢の世界ではなく、どこかに、現実に……実際に存在する世界なのだな？」

由貴也は頷いた。

「僕は、あの世界で生まれ育ちました。僕にとっては、あれは現実です。同時に、今いるこの世界も、現実だと感じます」

二つの世界は、夢を介して繋がっているのだろうか。

施療院の患者たちが、皇子たちの導きによって魂を飛ばす世界も、由貴也のいた世界か……もしかしたらまた別の、実在する世界なのだろうか。

「そうか」

神乃皇子は、唇を噛《か》んだ。

「俺たちは、あれは魂が悪霊に喰《く》われて変質したのだと思い、殺すことでしかその人間を救えないと思っていた。だがもし、違う世界の人間と入れ替わっただけだったのなら、それは間違っていたのだろうか」

呪われしものを、この世界ではそういうふうに解釈していたのか、と由貴也は思った。

だが実際、入れ替わりが起きたのだとしたら、この世界の人が向こうに行ってしまうということもあるのだろうか。

そういう人たちはどうなっているのか……少なくとも由貴也の世界では、急に人が変わったからと言って、殺してしまうことはないはずだと思うが。

「あれは確かに、お前だった。俺はあれを、有貴皇子がこうあってほしいという、自分の願望が見せる夢だと思った。俺は、現実の有貴皇子が逃げ続けていることを、ずっと情けなく、忌々しく思っていたのだ」

神乃皇子の言葉は、どこか苦い。

「有貴皇子は、僕の中にいるんです」

さきほどの記憶の奔流の中にそれもあったはずだ。

神乃皇子は頷く。

「それもわかった。だが……ひとつ、確認したいことがある」

神乃皇子は、由貴也の頬から自分の手をそっと離した。

「お前は子どものころから、何かものに触れて、持ち主の記憶を感じ取ることができたのだな？　それはお前の世界では、普通にある能力か？」

「いいえ」

由貴也は首を振った。

「他にそういう人がいると聞いたことはありません……ＳＦとか……いえその、作り話の中ではありますけど……だから僕は、それを隠して……」

「それはいつからだ」

神乃皇子の問いに、由貴也は首を傾げた。

「気がついたら……生れつき、だと思うんですけど」

「二歳くらいから、ではないのか？」

由貴也は、その具体的な数字に戸惑った。

「それは……わかりません」

「有貴皇子には」

神乃皇子は、片方の拳を自分の顎に当てた。

「二歳くらいまでは確かに、力の片鱗《へんりん》があったのだ。俺の手を取ってにこにこと笑っていたあの幼子には……だが」

記憶を呼び起こそうとするように、神乃皇子は眉を寄せる。

「あるときから有貴皇子は引っ込み思案になり、他人と会うのもいやがるようになり……そしていつしか、あまり姿を見せなくなっていた。その理由が俺にはどうしてもわからなかったのだが……もしかすると、力を失っていたからではないのか」

それは自問自答のように聞こえ、その瞬間、由貴也は自分の中に絶望がわき上がってきたのを感じて思わず胸を押さえた。

(知られてしまった)

(神乃皇子に知られてしまった、僕が力を失った皇子だと……!)

(怖い、怖い、怖い)

「どうした?」

「有貴皇子が……有貴皇子が、怖がっている」

あえぐように言った由貴也を、神乃皇子が強く抱き締めた。

「大丈夫だ。俺には、たぶん、わかった。お前と有貴皇子はどこかで入れ替わったのだ」

「え……?」

入れ替わった?

どういうことだろう?

「お前が、有貴皇子なのだ。ずっと有貴皇子としてこちらにいたのは、そちらの世界にいるべきもの……彼の恐怖は、皇子としての力がないことを知られてしまうのではという恐怖だったのだ」

神乃皇子がそう言った瞬間、由貴也の中で有貴皇子が泣き崩れたように感じた。

（そう、僕には力がない、水の皇子どころか、皇子なら誰もが持っている、人の心を感じ取る力もない、癒やしの義務も何も、できるはずもない、太子になるのなど無理だと……それなのに父上は、頑張ればきっと力が出てくるはずだと言うばかりで……！）

そういうことだったのだ。

有貴皇子は、自分が皇子としての力を持たないのに、父に期待され、押し潰されそうになっていた。それが有貴皇子の恐怖であり、絶望だったのだ。

（だから僕は、そこから逃げ出した……これでいいんだ……）

有貴皇子はむしろ静かにそう言って、由貴也の心の奥底に沈み込み、消える。

だが由貴也はまだ、本当にそんなことがあるのだろうか、と信じがたい思いだ。

すると神乃皇子が尋ねた。

「お前の……あちらでの名前は？」

「ゆ……由貴也……」

「ゆきや」

神乃皇子は噛みしめるように言った。

「名前が似ているのにも意味があるはずだ」

そう言って、少し考える。

「お前たちの接点はどこだろう。お前は……そうだ、有貴皇子は水の皇子だ。何か……水の中、もしくは水辺の生き物に心当たりはないか。幼いころに接した、何か特別な感じのする生き物だ」

水の中……もしくは、水辺の生き物。

特別な。

由貴也ははっとして、神乃皇子を見上げた。

「アマガエル……小さな、美しい、少し変わった模様のアマガエル……！」

別荘の庭に、由貴也が幼いころからずっと、あのアマガエルがいた。

寿命を考えると同じ個体ではなく、代々あそこにいるのだろうと思っていたが……そうだ、あのアマガエルに触れたときに、感情がわかったのだ。

だったらあのアマガエルが、何か特別な生き物だったのではないだろうか。

「アマガエル」

神乃皇子が少し笑った。

「そうだ、確かにお前らしい……かわいらしい生き物だ。そのアマガエルと、幼いころに何か接点があったのではないか？」

由貴也は記憶を辿った。

「別荘にはよく行っていて……アマガエルはずっと庭にいましたから、二歳くらいのときに、アマガエルに触った、ということもあるかもしれません」

「おそらくそうだ」

神乃皇子は頷く。

「お前と有貴皇子はもともと魂がとても近かったのだろう。そして幼い、まだ自分というものが確立する前の無垢《むく》なころに接点があり……入れ替わってしまったとしか思えない」

そんなことがあるのだろうか。

戸惑っている由貴也に、神乃皇子が尋ねる。

「お前は、この世界で目覚めたとき、この世界をどう思った？　好ましいと思ったか？」

確かに……もちろん最初は戸惑ったが……

「この世界が好きで、美しいと感じて」

「あちらでは生きにくかったのではないか？」

神乃皇子が畳みかける。

「ええ、そうです……！」

ずっと、自分の前に敷かれたレールを辛いと感じていた。

同じように、気弱で内気で、自分の義務に対して腰が引けていたとはいえ、由貴也にとっては、父の事業を継ぐよりも、ここで皇子としての義務を果たすほうがずっとたやすいと感じたのだ。

神乃皇子は再び手を伸ばし、今度は両手で由貴也の両手を取り、自分の胸のあたりに当てた。

「……俺にも感じ取れる。ここにいるお前は、有貴皇子が生まれたときに、俺が見た魂と同じ色をしていると」

「魂の色……？」

由貴也が尋ねると、神乃皇子が切なげに目を細めた。

「そうだ。お前が生まれてはじめて会いにいったとき、俺には、お前の魂が真珠色だと感じた。魂の色が見えるのは特別な相手だ。だから俺は、有貴皇子は俺にとって特別な存在だと思ったのに……いつしかそれが見えなくなったのが悔しかったのだ」

由貴也ははっとした。

それはもしかして。

「僕……僕は……この世界ではじめて目を覚ましたとき、あなたの姿が金色に輝いて見えたんです」

神乃皇子が驚いたように目を見開く。

「本当か⁉」

「その前も……狼の瞳も金色に見えたし、夢の中の人も……」

言いかけて由貴也は「あ」と口をつぐんだ。

夢の中の男……それは、全裸で抱き合っていた人のことだ。

さきほど互いに流れ込んだ記憶の中にも、それはあったはずで……神乃皇子もそれも気付いたらしく、その表情が驚きから、ゆっくりと気恥ずかしげな笑みに変わる。

「……あれは……俺も見ていた夢だ。俺にも、相手が真珠色の瞳をしていることしかわからず……有貴皇子から消えてしまった、俺の特別な存在を、夢の中で妄想しているのかと思っていたのだが」

同じ夢を見ていたのだ……！

そんなにも前から、神乃皇子と自分は、ちゃんと繋がっていたのだ……！

「ああ、なのに俺は」

神乃皇子ははっとしたように由貴也の手を離した。

「この間は……ここでお前を……あれはひどい行いだった」

嵐から避難したこの陋屋で、身体を重ねたときのことだ、と由貴也は赤くなった。

ひどい、というのは……「意味などない」と切り捨てた、心の伴わない行為だったことを言っているのだろう。

「でも……でも、あれは、僕も」

由貴也がなんとかそう言うと、神乃皇子は首を横に振った。

「あれは俺が悪かったのだ。あのときは、お前が変化しはじめているのを感じたものの……それまでずっと軽蔑してきたお前に欲情している自分が腹立たしく……お前が拒まないのをいいことに、強いて心を閉ざして身体だけを繋げた。だからお前の魂の色も見えず……」

強いて心を閉ざした、という言葉が辛そうに聞こえる。

神乃皇子が「義務から逃げている」と感じて軽蔑し苛立っていたのに、あの場でその有貴皇子に欲情し、その欲望に屈したことを恥じているのだ。

だがそれは由貴也だって同じだ。

神乃皇子がどういう人なのかもよくわからないまま、由貴也も彼に欲情した。

それは……心や頭よりも先に、身体が「彼」を認識したからなのかもしれない。

そう、夢の中で、ずっと由貴也は彼を知っていたのだから。

「もう一度……やり直したい」

神乃皇子が、低く言った。

「お前が……本物のお前であると、確かめたい」

その声に濡れた響きを感じ取り、由貴也の身体の芯がかっと熱くなる。

由貴也はそっと、はじめて自分から、神乃皇子の頬に触れた。

視線が絡み合う。

「僕も……あなたがあなたであると……知りたい」

神乃皇子の皮膚から、優しく、そして熱い想いが流れ込んでくる。

そう、これを自分はずっと知っていたのだ。

神乃皇子の顔が近付き、由貴也は目を伏せてそれをそれを待ち受け――

そして、噛みつくような口づけが由貴也を襲った。


この間と同じように、土間に敷いた神乃皇子の服の上に横たえられ、重なってくる彼の裸体を感じながら、由貴也は「この前とは違う」と思った。

由貴也の服を開いていく手も、合わせた視線も、重なる唇も、優しい。

「……どう呼ばれるのがいい？」

神乃皇子が低く尋ねる。

有貴皇子。

由貴也。

どちらも自分の名前なのだ……と思う。

「ゆき、と」

幼いころ、両親や祖父母にそう呼ばれていた。

ゆき、ゆきくん、と。

大切な人にだけ、そうやって省略されて呼ばれていた、という気がする。

神乃皇子が目を細める。

「ゆき」

確かめるようにそう呼ばれると、じんわりと胸が熱くなった。

この世界で生きていこうと決めても、本当の自分を隠して、心を完全に開ける相手はいないはずだった。

だが今、この人は自分を「ゆき」として認め、受け入れ、そして愛してくれる。

そのまま神乃皇子は唇を深く重ねてくる。

緩んだ唇の隙間から舌が忍び入り、歯列をなぞり、口腔を撫でられると、由貴也の体温が上がる。

腕を伸ばして神乃皇子の肩を抱くと、夢の男の体つきとはっきり重なった。

間違いなく、これはあの人なのだ。

やがて神乃皇子の唇が頬にずれ、顎に移り、そして首筋から鎖骨、胸へと降りていく。

同時にその大きな手が、脇腹を撫で下ろしていく。

唇が、乳首に軽く触れた。

「んっ……っ」

ずくりと腰の奥が疼き、由貴也は無意識に胸を反らせた。

ちゅっと乳首が吸われる。

尖《とが》らせた舌先でくすぐられ、もう片方は指で押し潰され、それから摘まみ上げるように軽く引っ張られ、その左右で違う刺激に、たまらなくなる。

「んっ、んっ、ふっ……っ」

息が弾み、甘い声が混じり出す。

そうやってずっと両方の乳首を弄《いじ》られていると、それだけで脚の間が熱くなり、性器が頭を擡《もた》げていくのがわかって恥ずかしい。

神乃皇子にもそれは伝わっていたようで、ぐ、と腰を押し付けてきた。

「あ……っ」

熱く固い、大きなものが、由貴也のそれと直接触れ合う。

擦りつけるように腰を動かされ、由貴也の腰も勝手に応じだす。

先端から零れるものが混じり合い、ぬち、と音を立てた。

すると神乃皇子は、二人のものをその大きな手で一緒に握り込み、ゆっくりと扱きはじめる。

「あ、あ、あ」

たちまち昇りつめそうになり、由貴也は慌てて神乃皇子の手首を探り、弱々しく摑んだ。

「だ、だめっ……」

「どうして？」

神乃皇子は由貴也の胸から顔を上げ、少しばかり意地悪く尋ねる。

「だって……すぐ、いっちゃう……」

「いけばいい」

無造作に言って、神乃皇子はまた、手を上下させはじめた。

扱かれる刺激と、触れ合った神乃皇子の性器の熱が、たまらない。

「んっ、あ、あ、も……っ」

頭の中で何かが光ったように感じた瞬間……由貴也は神乃皇子の手の中で弾けた。

のけぞった由貴也の腰を片腕で抱えつつ、神乃皇子は最後の一滴まで絞り出すようにさらに扱き、そしてゆっくりと手を離す。

「あ……っ」

桜色に上気した胸をはあはあと上下させている由貴也を見つめ、神乃皇子は少しばかり物騒に目を細めた。

「夢の中では、こういうお前の顔や身体は見られなかったが……きれいなものだな」

そう、夢の中では、常に暗闇だったのだ。

そしてこの間ここで抱き合ったときは、「心を閉じて」いたから……本当の意味でこうやって互いを見つめ合い、抱き合うのははじめてのような気がする。

「お前の中の熱さを……感じたい」

神乃皇子が意味ありげにそう言い、由貴也は神乃皇子のものがまだ滾っていることに気付いて、すぐにでも繋がりたいと言っているのだと思った。

「……来て……」

羞恥に頬を染めながら言葉を唇から押し出すと、神乃皇子がくっと笑う。

「急かすな」

そう言ったかと思うと、由貴也の膝裏に手をかけ、胸のほうにぐっと押し付けた。

「あ……っ」

腰が浮き上がり、秘められた部分が神乃皇子の目の前にさらけ出される。

恥ずかしいと思う間もなく、神乃皇子がそこに顔を寄せた。

ぬるりとした熱い感触。

襞を舐め蕩かしてほぐそうとする動き。

この間もそうだった……だが、後ろからだった。

この姿勢のほうがはるかに恥ずかしく、それなのにはるかに興奮する。

視線をやると、自分の脚の間に顔を伏せた神乃皇子の、背中に流れる艶やかな黒髪や、逞しい筋肉に覆われた肩や腕が目に入る。

そして、尖らせた舌先が自分の中に入り込むのを感じ、由貴也は腰の奥がきゅうっと疼くのを感じた。

「んっ……ん、んっ……っ」

濡れた舌が自分の内側に入り込み、唾液を送り込んで濡らしているのがわかる。

そしてその舌に沿わせるように入ってきた指を、自分のそこがやわらかく食い締めているのも。

指は本数を増やし、抜き差ししながら奥へ奥へと進んでくる。

無意識に由貴也は、さらに深いところまでその指を迎えようと自分から脚を大きく開いていた。

欲しい。

彼の熱が、欲しい。

由貴也の身体は、この間神乃皇子の熱をその深いところで受け止めたのをはっきりと覚えている。

自分の身体……そうだ。

これまでは、借り物のように思っていた有貴皇子の身体を、今はっきりと由貴也は、間違いなく自分のものだと感じていた。

神乃皇子が言うとおり、これがもともとの自分の身体だったのだ……！

と、じゅぷりと音を立てて指が引き抜かれた。

顔を上げた神乃皇子が、濡れて光る唇を軽く舐めたのが、おそろしく艶っぽい。

由貴也の両腿の裏に手を当ててもう一度ぐいと押し開く。

濡らされほぐされた場所に、彼の猛ったものの先端が押し当てられた。

目と目が合う。

凶暴な獣の……狼の獰猛さと、甘い熱を秘めた瞳に、由貴也はぞくりとした。

「入れるぞ」

そう言って、神乃皇子はぐいと腰を進めた。

「あ……っ」

息苦しいほどの存在感が、強引に由貴也の奥深くへと進んでくる。

だが……

神乃皇子の上体が由貴也の上に重なってくると、由貴也は両手でその身体を受け止め、幸福感が全身を満たすのを感じた。

ただ――繋がっているのではなく、抱き合っている。

自分の中にいる彼と、自分を抱き締める彼の、両方を感じている。

前回「心を閉じて」いた彼が、敢えて避けたのかもしれないこの姿勢が、自分たちを本当に繋げていると感じられる。

「どうした、きついのか」

神乃皇子が押し殺したような声で尋ね、由貴也の目尻を拭った。

由貴也は自分が涙を零していることに気付き、瞬きをした。

眉を寄せ、何かを堪えながら気遣うように自分を見つめている神乃皇子の顔が目の前にあり、愛おしさで胸がいっぱいになる。

「ちが……嬉し、くて」

由貴也がそう言って微笑むと、神乃皇子がくっと片頬を歪めた。

「くそ、煽るな」

同時に、由貴也の中の彼がむくりと体積を増す。

「んっあ……っ」

思わず由貴也は腿を震わせた。

彼の熱と、自分の中の熱が、熔け合ってさらに温度を増す。

「あ、なんか……へ、んっ」

内壁がむずむずとして、刺激を待ち望んでいるような、焦燥感。

と、神乃皇子がぐぐっと腰を引いた。

抜け出るぎりぎりのところまで引き出されたものを引き留めるように、由貴也の入り口が勝手に絞られる。

次の瞬間、神乃皇子が深く腰を入れた。

「あ――！」

奥を突かれて由貴也はのけぞった。

神乃皇子が由貴也の腰を抱え、膝立ちになって腰を使い出す。

「あ、あ、あ」

瞼の裏に火花が散るほどの快感。

灼熱の棒によって開かれ、穿たれ、熔かされていく。

もう、その絶対的な存在のことしか考えられなくなる。

「い――、ああ、きもち、いっ……っ」

由貴也は過ぎるほどの快感を逃そうと頭を左右に打ち振ったが、腰の奥から湧き出す炎のような快感が、由貴也を飲み込んでいく。

「くっ」

神乃皇子が呻《うめ》くように息を詰め、一度動きを止めた。

由貴也がきつく閉じていた瞼《まぶた》を開けると、神乃皇子はふう、と息をつき、再び由貴也の上に身体を倒して、由貴也を抱き締めた。

胸と胸がぴったりと合わさり、全身の体温を共有する感覚。

「……おそろしく、いい。こういうことなのだな」

神乃皇子の言いたいことが、由貴也にはわかった。

どこかもどかしい夢の中でもなく……身体だけが先走り、心を閉じて繋がるのでもなく、心ごと、身体ごと、確かな相手を感じて抱き合う、この幸福感。

由貴也は震える両手で、神乃皇子の頰を包んだ。

「……あなたと、生きたい」

思わずそう言うと、神乃皇子が頷く。

「そうだ、お前は俺と生きる……この世界で、ともに」

そう言って顔を近寄せ、深く唇を重ね――

再び、腰を動かし始めた。

由貴也も、脚を神乃皇子の腰に絡め、その力強い律動を全身で味わう。

荒い息が混じり合う。

掌で感じている神乃皇子の肩や背中の筋肉が汗で辷《すべ》る。

そして身体の中はただただ彼でいっぱいになり、その抽送はより深い快感をこれでもかと由貴也の中に送り込み――

ぐい、と何かに意識が高いところに持ち上げられたような気がした。

視界いっぱいに広がる金色の光と真珠色の光が、混ざり合って無色のまばゆい光となり、二人を包む。

「……っ……っ」

神乃皇子が息を止め、痛いほどに由貴也を抱き締め……

由貴也の中に熱いものを注ぎ込む——何度も、何度も、痙攣しながら。

そして次の瞬間、昇りつめた由貴也の意識は、白い闇の中にゆっくり沈んでいった。

視線が、低い。

目の前には、露に濡れて光る、青々とした草……それがとても、背が高く見える。

足元には丸みを帯びた石……蛙《かえる》のかたちの。

これは、アマガエルの視線だ。

そしてこれは……有貴皇子の、意識だ。

二人の男が、ゆっくりと庭をこちらに向かって歩いてきて、小川のほとりで止まった。

「美しい庭ですね」

「ええ、由貴也くんが丁寧に手入れしていたようなので、同じ状態を保てるようにしてあるんですよ」

人間の姿が大きすぎて脚しか見えないが、あとから聞こえた声は、母方の親族……母の又従兄弟にあたる人だと由貴也にはわかった。

「縁あって、この別荘は私の持ち物になったのですから……悲しい縁ですが」

「ああいう事故……というか、事件の結果ですからね、もっと早くに気付いてあげられればと、未《いま》だに悔やまれます」

「芳元家の事業も、結局グループとしては解体されることになりましたしね」

「それでも、それぞれの事業に引取先があって、従業員が路頭に迷うような事態にならないのは、結果としてよかった」

「現社長夫婦が、前社長の息子を軟禁したあげくに殺そうとして、事故に遭ってもろともに命を落とした……こんなスキャンダルは二度と起こしてはいけないことです」

由貴也ははっとした。

では……自分も叔父叔母も、命を落としたのだ。

こちらの世界には、もう身体はないのだ。

運転していた信司はどうなったのだろうと思っていると、話の続きが聞こえてくる。

「そうそう、一人生き残った、あのろくでなしの息子はどうなりました」

「命は助かりましたがね……まあ、事故直後にはなんとかいきさつを証言できる状態だっただけよかった、というところでしょう」

「まあ、天罰でしょうな」

「それはそうと、この庭の手入れは……」

話しながら、彼らは遠ざかっていく。

信司だけは、悲惨な状態なのかもしれないが生き残ったのだ。

叔父叔母は、同じタイミングで命を失ったこちらの夫婦の身体に入ったということだが、こちらの夫婦が行くべき叔父叔母の身体は、もうない。

そして由貴也の身体もないらしいが、有貴皇子はアマガエルの中に居る。

有貴皇子の行き場が他になく、由貴也が一方的に有貴皇子の身体を独り占めしているようで、有貴皇子に申し訳ない気がする。

しかしそのとき、有貴皇子の声が頭の中に響いた。

(僕はここで、この身体で生きていきたい)

(ここにいるのが幸せだ……ずっとここが好きだった、眠るたびにここでこのアマガエルになれるのが嬉しかった)

皇子としての力は持たなかったが、あちらの世界に生まれた身体そのものに「水の気質」は存在し、夢の中ではアマガエルとなって由貴也の別荘の庭で憩っていたのだろう。

(僕は、こちらの世界できみとして生きることも、きっと辛かった)

有貴皇子はそう言う。

芳元由貴也として、事業を継承することも、叔父に乗っ取られて、無一文で一人で生きていくことも、彼には辛かったのだ。

そして今、有貴皇子の中には、もう誰に対する憎しみもないように思える。

由貴也としての叔父叔母への憎しみも、有貴皇子としての神乃皇子への憎しみも、アマガエルとなることできれいに消えてしまったかのようだ。

（では、このままでいいの？）

由貴也が尋ねると、有貴皇子は少し笑ったような気がした。

（いいよ、これで。きみは有貴皇子としてちゃんと生きていってくれるんだろう？　それならその身体はきみのものだ。それに……僕が、力がないことを見破られそうであんなにも怖かった神乃皇子が、きみの特別な相手だというのなら、やっぱりもともとそうあるべきで、きみがそこにいるのが正しいんだ。僕にとって彼は……子どものころから、いつも僕の心の奥を探っているような、ただただ怖い人でしかなかったけれど）

神乃皇子は、ほんの赤子のころに有貴皇子の魂が真珠色に見えたのに。その後見えなくなったことが訝しく、ずっと見つめ続けていたのだろうが……それが彼には怖かった。

有貴皇子はずっと、神乃皇子に、力がないと見破られることが怖かったのだ。

その恐怖が彼を追い詰めていたのだ。

由貴也には、ひとつだけ有貴皇子に尋ねたいことがあった。

（あなたが、毒をあおるほどの恐怖を感じたのはなぜ？　僕が叔父たちに拉致される直前、きみに触れたら、恐怖とか、絶望とか、不安を感じた。あれは？）

（……ああ、あれは）

有貴皇子の気配が「肩をすくめた」ように感じる。

(王宮の奥庭の井戸が涸《か》れて、水の皇子の力が必要だとなったときに、僕のところに使いが来たんだ……水を呼び戻せるか、って。そんなことができるはずがないのに。それを僕は、僕が無力な皇子であることを決定的に知らしめる必要があるので、その機会が必要なんじゃないかって……そしてその場で、神乃皇子が僕に引導を渡すのではないかって思ったんだ。なんの力もないことが知れたら、僕は本当に生きていけなくなると思って……それが、神乃皇子の企《たくら》みだと思って……だったら、みんなの前で恥をさらすよりも自分で、と。でも、それもうもういいんだ)

有貴皇子は、今となってはもうどうでもいいこと、とでもいうように笑った。

(水の皇子の役目って？　井戸が涸れて……水を呼び戻す……？)

由貴也はまだ、地、水、風、地の皇子の力というものがなんなのか知らない。

知りたい。

だが有貴皇子は、

(きみが本来の僕だというのなら、その力を持っているだろう。いずれわかるよ)

優しくそう言った。

その言葉の中に、もうこれ以上、有貴皇子として生きていた世界のことは思い出したくない、という気配が感じられる。

いずれわかるというのなら、そうなのだろう。

そして彼が……ここでアマガエルとして幸せに生きていくのが幸せだと思うのなら、それでいいのだ。

そして自分は、有貴皇子として生きていく。

(さあ、もういいよ)

アマガエルが身じろぎした。

(僕のことはもう気にしないで、戻って)

そのとき目の前の草が揺れ動き、一匹の狼が姿を現した。

金色の瞳が、じっとアマガエルを見つめる。

(それでは、お前はここにいるのか、有貴皇子)

(ええ)

有貴皇子が答える。

彼の中に、もう恐怖はない。

(わかった)

狼は頷き、そして由貴也は、実際に腕があるわけではないのだが、イメージの中でそっと有貴皇子を抱き締め——

目を、開けた。

視界に広がる金色の光。

瞬《まばた》きをすると、その金色はすうっと収縮して色が暗くなり……そして、黒い瞳に変わる。

その瞳の主は、横たわったまま自分の片腕に頬を乗せて、こちらを見つめていた。

「目覚めたか」

優しく穏やかな、包み込むような笑み。

由貴也はその笑みにつられるように微笑んだ。

気だるい幸福感。

そして、ついに自分は自分を取り戻したのだと思える、確かな感覚。

「少し、無茶をしたかもしれない……自分を抑えられなかった」

わずかにばつが悪そうに神乃皇子が言い、由貴也はことのあれこれを思い出して思わず赤くなったが、首を振った。

「そんなこと……僕も、その、よかった……ので」

そう言ってから、由貴也の中にふと疑問が浮かんだ。

「あの、この世界ではその……こういう、同性同士の関係って……」

今さらなのだが、こちらで生きていくなら知らなくてはいけないことだ。

すると神乃皇子は意外そうに眉を上げた。

「同性？　あちらではそんなことが問題になるのか？　相手の魂の色が見えたら、それはもう決められた相手だということだ。ただそう皆に告げればいいだけだ」

ことでもなげな言葉が、すとんと由貴也の胸に落ちる。

そうか、魂の色が見えたら、それは運命の相手で、それは公にできる関係なのだ。

「まだまだ、知らなくてはいけないことがあるようだな。なんでも教えてやる」

神乃皇子が嬉しそうにそう言って、由貴也の身体をゆるく抱き締める。

汗の引いた肌と肌が触れ合う、この甘酸っぱい満足感。

「……水の皇子の力……って？」

有貴皇子は、井戸が涸れてその力が必要とされたとき、神乃皇子に最終的に無力だと暴かれるのではないか、という恐怖に襲われたのだ。

そしてそれが神乃皇子の企みだと思い、彼を憎んだ。

自分に、その「何か」ができるのだろうか。

「水を操ることだ」

神乃皇子はあっさりと言った。

「たとえば、今の帝は風を操る。日照りが続けば雨雲を呼ぶし、大きすぎる嵐がやってきたら被害が出ないように抑える」

「あ」

由貴也ははっとした。

「この間の、行幸のとき……」

西の雲を抑えておくとか、雷雲は帝の行列を避けるというのは、そういう意味だったのだ。

神乃皇子が頷く。

「火の皇子は、必要なときに道具なしで火を熾したり、火事が大きくならないように炎を抑えたりできる……まあそれも、力の大きさはその皇子次第で、今の火の皇子はあまり大きな山火事は手に負えないようで、もっと力のある火の皇子が生まれたら地位を譲りたいと言っているが」

力の強弱もあるのか。

「そして俺、地の皇子は、耕すのによい土地を見極めたり……地の揺れを抑えたりする」

地の揺れ……地震を抑える、それが、彼の力。

ということは。

「水の皇子は、水場を探したり……洪水を抑えたり……？」

「そういうことだな」

神乃皇子は頷き、由貴也の目を見つめた。

「不安か？　だが大丈夫だ、お前にはその力があると、俺は感じる」

神乃皇子がそう言うなら、そうなのだろう。

「僕も、信じるようにします」

この、不思議な世界を治める皇族の、不思議な力。

もともと「持ち物から持ち主の感情を読み取る」力があった由貴也だからこそ、すんなりと受け止められる。

自分に水の皇子の力があるかどうかも、いつかその力を試されるときが来たら、わかるだろう。

彼の言葉をこんなにも信じられることが、嬉しい。

二人はそのまましばらく黙って抱き合っていたが……

「……さあ、いつまでもこうしていたいが、そうもいかぬ。腹も減った」

神乃皇子はゆっくりと身体を起こした。

「都へ戻ろう。そして」

片頬に、企むような笑みを浮かべる。

「こんなあばら屋ではなく、心地いい寝台でお前をまた抱こう」

「もうっ……」

抗議しかけてから、由貴也がそれが自分の望みでもあることに気付いて……また赤くなり、言葉を飲み込むのを、神乃皇子は目を細めて見つめていた。

陋屋の裏に繋がれていた神乃皇子の馬に、神乃皇子に背後から抱かれるように一緒に跨がって、由貴也は都に戻った。

由貴也が乗ってきた馬は、勝手に後をついてくる。

そして都に入る楼門が見えてきたところで、前方から数人の男たちが駆けてくるのが見えた。

「皇子さま！」

舎人たちだ。

「皇子さまがた、帝のもとへお急ぎを！　有貴皇子さまについて、重大な疑義を訴えているものがおります！　詮議がございます！」

由貴也ははっとして神乃皇子を振り向いた。

神乃皇子が眉を寄せる。

「……何かあったな」

有貴皇子への重大な疑義……なんだろう。

不安を覚えた由貴也に、神乃皇子は頷く。

「大丈夫だ。俺が側にいる」

由貴也も頷き、そのまま舎人たちに馬を囲まれて、帝の宮、内裏に向かった。

内裏の大広間には、すでに人々が集まっていた。

御簾《みす》の下がった奥の壇上には帝が座しているのが窺え、皇族たち、そして黒の布冠を被った男たちが五十人以上居並んでいる。

神乃皇子は、その真ん中に設けられた通路に、悠然と足を踏み入れた。

「これはなんの騒ぎだ？」

由貴也もその後に、静かに続く。

「どこへお出かけでしたか」

皇族の長老格と見える一人の王が、神乃皇子に尋ねた。

確か、行幸のときにもいた、葉栗王《はぐりおう》とかいう人だ。

「有貴皇子をどこかに隠そうとでもなさっていたのか。これまで決して仲がよいとは思えぬお二人であったのに」

「人の仲というのは、変化する。俺と有貴皇子が親しくなって、誰か困るものでもいるのか？」

神乃皇子はじろりと葉栗王を見た。

「誰も困りはしませぬが……とにかく、有貴皇子には明らかにしていただかねばならぬことがございます」

葉栗王は静かに答える。

そして由貴也は、人々が不審そうに自分を見つめているのがわかって、落ち着かない気持ちになった。

「有貴皇子は、こちらへ」

葉栗王に促され、神乃皇子が頷いたので、由貴也は帝の御座の下に立った。

立ち位置には決まりがあるのだろう、神乃皇子が皇子たちの列の中央に、由貴也と向かい合うようにして立つ。

その姿が近くに見えるだけで、安心できる。

「あのものたちを呼べ」

葉栗王が言って、舎人たちが隣室から、二人の人間を引き立ててきた。

由貴也ははっとした。

叔父叔母だ！

叔父叔母が「中」にいるあの夫婦が、後ろ手に縛られて引き出されてきたのだ。

「このものたちに見覚えは？」

葉栗王が尋ね、由貴也はごくりと唾を飲んだ。

これはどういう状況だろう。

とにかく、何か下手にごまかさないほうがよさそうだと思い、由貴也は答えた。

「施療院で、『呪われしもの』と疑われていた夫婦です。とりあえずあそこで騒ぎが大きくなってはと思い、宮に引き取りました」

「やはり」

人々が顔を見合わせてざわめき、葉栗王が咳払いをした。

「このものたちは、有貴皇子の宮で騒いで暴れ、宮の留守居の手には負えず、警邏《けいら》のものが呼ばれたのだ。どう見ても、言動は呪われしもののそれだ」

騒いで暴れた。

当面静かにしているようにと説得できたつもりだったのに。

由貴也は困惑して、引き据えられている叔父叔母を見た。

「そしてこのものたちは」

葉栗王が言った。

「自分たちが呪われしものだと言うのなら、有貴皇子もまたそうであると申し立てている。有貴皇子は自分たちの甥であるとも」

どうしてそんな、わざわざ騒ぎになるようなことを。

由貴也が驚いていると、叔母が力尽くで俯かされていた顔を無理矢理に上げた。

「お前だけいい思いをしようったってそうはいかないわ。同じようにおかしな世界に生まれ変わったというのに、自分は皇子さまだかなんだか、えらそうな地位にいて、私たちは庶民扱いで物置に閉じ込めるなんて、なんてひどい甥なんだろう！」

叔父も同じように顔を上げ、由貴也を睨みつけ、まくしたてる。

「ばれたら殺されるとかなんとか私たちを脅して、復讐するつもりだったんだろうが、そうはいかない！」

その、勝ち誇った顔を、由貴也は呆然として見つめた。

この人たちは……由貴也が復讐しようとしていると思っているのだ。

由貴也はそれでもこの二人が「呪われしもの」として殺されることだけは避けようと、とっさに匿《かくま》ったつもりだったのに。

由貴也が皇子となり、彼らが庶民であるのは別に由貴也が企んでそうなったわけではないのに。

「お前が私たちにいい思いをさせたくないというのなら、お前のほうをこちらと同じところに引きずりおろすまでよ！」

叔母の言葉がわんわんと頭の中に響く。

「それがいやなら、私たちをもとの世界に戻しなさいよ！」

金切り声に眉を寄せた葉栗王が「一度黙らせろ」と言って、舎人たちが叔父叔母の口に布を噛ませ、力尽くで頭を下げさせる。

そして由貴也は、叔母の「戻しなさいよ」という言葉に、彼らはやはり状況を全く理解しようとしないまま騒ぎ立てているのだと、なんとも言えない気持ちになった。

戻すことなどできない。

そもそももとの世界に、あなたたちの身体はもうないのだ、と由貴也は思った。

それもこれも、自分たちがしでかしたことの結果として……叔父叔母の身体はなく、大怪我を負って大変な状態にある一人息子とは二度と会えない。

それが現実なのに。

——悲しい。

ただただ悲しい。

この人たちが、結局はこの人たちでしかない、ということが。

由貴也が唇を噛みしめて無言でいると……

「ご自身が『呪われしもの』であるという訴えについて、お答えになれませんかな」

葉栗王が尋ねた。

「近頃のあなたの様子について不審に思っていたものは、他にもおりますが……宇治木《うじき》の苫《とま》どの？」

葉栗王が呼んだ名前に由貴也ははっとした。

「は」

前列に進み出たのは……由貴也がはじめて街に出たとき、荷車の老人をひどい目に遭わせていた大男だ。

「そなたの疑義を申し述べよ」

葉栗王が促すと、宇治木の苫は御簾の奥の帝に拝礼してから、言った。

「先日私が都の中を馬で急いでおりますと、荷車引きの老人に道を阻まれたため、やむなく叱ったのですが……そこにしゃしゃり出て、老人の味方をしたのが、この有貴皇子でございました」

由貴也は反論しようとしたが、神乃皇子が唇に人差し指をそっと当てたのを見て口をつぐんだ。

宇治木の苫は続ける。

「私は先帝の御代には地方に赴任しておりましたので、有貴皇子の顔を見たこともなければ人となりも直接は知りませぬ。だが聞けば、有貴皇子は宮に引きこもって誰にも会わぬのが常、それがいきなり街に出てきて、見ず知らずの人間に言いがかりをつけるなど、とてもこれまでの有貴皇子と同じ人物とは思えませせぬ」

次第に声が得意げになる。

「その際は神乃皇子さまが仲裁に入ってくださったが、神乃皇子さまとて、ご不審に思われなかったわけはない」

そう言って神乃皇子を見たが、神乃皇子は表情を変えずに黙っていた。

「それではそなたは」

葉栗王が尋ねた。

「有貴皇子が、このものどもが言い立てるように、やはり悪霊に憑《つ》かれて人が変わった、呪われしものだと言うのだな」

宇治木の苫は慎重に含み笑いをする。

「私は、それを判定できる人間ではございませんので……しかし、人が変わったようだ、というのは確かでございましょう」

「確かに……突然、帝の行幸に供奉《ぐぶ》と聞いたときは驚いた」

「歌を詠んだとも聞いたぞ」

「先帝健在の折の有貴皇子を知っているが、もっとおどおどした、顔色の悪い皇子であったのに、今はどうだ」

皇族や群臣たちが頷き合う。

そして由貴也も、不安を覚えだしていた。

自分の「人が変わった」のは事実なのだ。

神乃皇子だけはそれが「入れ替わっていたのが戻った」と知っているが、それをどうやったら証明できるのだろう。

と……

「私は、反対の意見を持っておりますが」

そう声をあげたのは、皇族の列の中ほどにいた、田主皇子だった。

「田主皇子さま」

葉栗王が名を呼ぶと、田主皇子が進み出て、帝に拝礼し、顔を上げる。

「昨日私は、施療院で有貴皇子さまにお会いいたしました。そこで有貴皇子さまは、立派に癒やしの義務をお果たしでございました。つまり、有貴皇子さまはまぎれもなく、皇子としての力をお持ちということ」

その言葉がゆっくりと群臣に浸透するのを待ってから、静かに続ける。

「呪われしものに、皇子としての力が備わっているなどという例は、聞いたことがございませぬ。有貴皇子さまの人が変わったと言われるが、それは先日の病から回復されてからのこと」

有貴皇子の自殺未遂は人々の知るところだろうが、やんわりとした言葉に言い換える。

「その折、神乃皇子さまが、呪われしものの判定を行っておいでのはず」

田主皇子は、群臣のほうに向き直り、重々しく言った。

「有貴皇子さまを疑われる方は、神乃皇子さまをお疑いということでよろしいか」

群臣が、静まり返った。

神乃皇子は、「呪われしもの」を判定できる皇子。

そしてなんと言っても、今上帝の皇子だ。

「え……神乃皇子が……」

宇治木の苫は落ち着かない様子になって目をきょろきょろとさせた。

この男は、往来で由貴也が荷車の老人を庇《かば》った際に神乃皇子が割って入ったときに神乃皇子が有貴皇子に対して冷たい態度だったことは覚えていても、呪われしものの判定については知らなかったのだろう、と由貴也は感じた。

そして……神乃皇子が、ゆっくりと前に進み出た。

「みな、言いたいことは言ったか。まだ他に、何か言い足りていないものは？」

静かな声音だったが、その、若さに似合わない威厳を秘めた態度に、人々が気圧《けお》されているのがわかる。

「俺が、有貴皇子は呪われしものではないと判定したのだ」

「だ、だが」

皇族の一人が躊躇いながら声を出す。

「有貴皇子の人が変わったのは確かだし……このものたちの言い分は」

「人が変わったということと、悪霊に憑かれたというのは、まるで違う」

神乃皇子はぴしりと言い返した。

「有貴皇子はむしろ、生まれ変わったのだ。皇子としての無力さに悩み、自ら命を絶とうとまでしたが、この世に引き戻されたことで、生まれ変わった自分として生きてみるつもりになったのではないか。彼の変化を、俺はそうみている」

神乃皇子は、そういうふうに話を持っていこうとしているのだ。

別の世界の人間と「入れ替わっていたのが戻った」と言っても、では「呪われしもの」とどう違うのか、人々を納得させるのは難しいのかもしれない。

だが「生き直す」ために変わったのだ、という言葉なら。

「有貴皇子」

神乃皇子が、真っ直ぐに由貴也を見た。

「お前は有貴皇子だ。俺はそれを知っている。そしてお前には、それを証明できる力があるはずだ……お前にしかできないことが」

自分にしかできない、証明できる力。

誰かの持ち物から感情を読み取ったり、麻酔や睡眠薬のような効果で病人を癒やす力は、他の皇族も持っているものだ。

だが……

水の皇子としての力。

そうだ、それこそが……由貴也が有貴皇子であることの証となる。

神乃皇子が言っているのは、それだ。

由貴也が今ここで、自らそれを申し出ることが必要なのだ。

そしてその力を見せてこそ、由貴也は本当にこの世界で、水の皇子として生きていける。

だが——できるだろうか。

神乃皇子と、視線を合わせる。

力強いその視線が、由貴也の背中を押してくれた。

やるしかない。

人々の視線が自分に注がれているのを意識しながら、由貴也は言った。

「私は水の皇子です。それを皆さまに確かめていただきたい」

人々が顔を見合わせる。

「もちろん……それがおできになるのなら」

「そのとおりだ」

そのとき……

「皆のもの」

重々しい声が響いた。

御簾の奥でこれまで一言も発しなかった帝の声だ。

人々がさっと静まり、頭を下げる。

「有貴皇子が有貴皇子であり、水の皇子だと証《あかし》だててくれるのなら、朕も嬉しい。それには、先月涸れた奥庭の井戸を蘇らせることで可能であろう」

奥庭の井戸。

有貴皇子が、命を絶とうとする決定的な要因になった、井戸。

それを由貴也がなんとかできれば、すべてのパズルのピースがはまる。

「わかりました」

由貴也が頷くと帝が座を立ち、葉栗王に促されて、由貴也と神乃皇子、そして皇族や群臣がぞろぞろと後に続いた。

複雑な構造の宮の中を、何度も廊下を曲がって歩き、そして美しい坪庭に面した、広い縁に出る。

確かにその真ん中に井戸があった。

「さあ、その力を示すがよい、水の皇子よ」

帝が言い……そして、すっと側に寄ってきた神乃皇子が、由貴也の手を握った。

「さあ、行け、お前にならできる」

そうだ、彼がそう言うなら、可能なのだ。

坪庭を囲む四方の縁にぎっしりと居並んだ人々の視線を感じながら、由貴也は、庭に降りた。

井戸の側に歩む。

井戸の上には凝った屋根があり、つるべの紐は赤く、この庭にある植物のためだけに掘られた、庭のしつらえの一部という風情の井戸。

しかし、覗き込むとそこには暗闇だけがあって、水の気配はない。

急に、由貴也は怖くなった。

自分が本当の有貴皇子であり、それならばできるはずだ、と思おうとしていたものの、やはりできないのではないか、そんな力はないのではないか、と……有貴皇子ではなく由貴也自身の不安と恐怖がじわりと背中を伝う。

そのとき、誰かがふわりと自分を背後から包んでくれたような気がした。

神乃皇子だ。

実際の神乃皇子は帝の隣に立っているが、神乃皇子の気配が、由貴也を背後から支えてくれている。

大丈夫、やれる……やるしかない。

由貴也は、目を閉じた。

(水……水は、どこ……?)

手探り状態のまま集中していると……自分の意識が自分の身体から離れ、すうっと井戸の中に入っていくような気がした。

(あ)

井戸の底に着く。

底に溜《た》まった土が乾いているイメージ。

だが……

片隅に、湿った土がひとかたまりあった。

この方角だ。

由貴也はその湿った土に触れ、さらに先を探り……細い細い水の筋があるのを感じた。

何かの塊がそこを塞いでいる。

大きな石のようなもの……実際の石ではないのかもしれないが、水の道を変えさせるような変化が地中であったのだとわかる。

それを、由貴也は押した。

渾身《こんしん》の力で。

石は重く、なかなか動かない……が、これを動かせば水が戻ってくる、という確信がある。

そして……じり、と石が動いた。

さらに力を込めて石を押す。

突然ぐらりと石が揺れ——

どっと、水の流れが押し寄せた。

「あ……！」

由貴也の意識はその水の流れに飲み込まれる。

水は井戸に流れ込み、井戸を満たし、上へ上へと上がり——

井戸から勢いよく吹き上がった。

「おお！」

人々のどよめきが耳に入り、由貴也は目を開けた。

由貴也は井戸の傍らに立っており……その井戸から柱のように勢いよく吹き上がった水が、そのまま溢れることなくゆっくりと井戸の中に再び収まるのが見え……

そして、静かになった。

数人が縁から飛び降り、井戸の中を覗く。

「水が、水が戻りました！」

その声に、由貴也はすうっと全身の力が抜けるのを感じ、その場に頽《くずお》れそうになったのを、駆け寄ってきた神乃皇子が支えてくれたのがわかった。


数時間後……由貴也は内裏の奥まった一室で、帝と直接向かい合って座っていた。

隣には神乃皇子が座り、由貴也の片手を自分の膝の上で握っている。

有貴皇子はあの場にいたすべての人から水の皇子の力があると認められ、叔父叔母は「でたらめを言って皇子を陥れようとした」としてどこかに連れて行かれた。

とてつもない疲労を覚えた由貴也も少し横になって回復し、そして帝のもとに招かれたのだ。

「有貴皇子」

帝は、君主と臣下というよりは、近しい皇族としての距離感で茶の載った卓を挟んで向かい合い、由貴也を見た。

「今日は、そなたが紛れもなく水の皇子であるとわかって、嬉しかった」

厳しい顔つきの中年の男だが、その声音には穏やかさがある。

「だが私とこうやって向かい合うのは、お前には辛いことだろうな」

朕ではなく私、と……これも公式の席ではないからこその使い分けなのだろう。

「私はそなたの父の敵だ」

由貴也がどう返事をしていいのかわからずにいると、帝は言葉を続けた。

「あの少し前、北の山のほうで鉄砲水が出る恐れがあるので水の皇子を派遣してもらいたいという要請があったのだが、そなたの父はそれを拒んだ。有貴皇子がその任に堪えられないのなら見送るべきという助言も退けて、そなたを太子にしようとしていた。だから私は、あするしかなかったのだ」

そういう事情があったのか。

きっとその前にも、有貴皇子の力が必要なのに帝がそれを拒む、という場面が何度もあったのだろう。

あくまでも有貴皇子を水の皇子として太子にしようとしていた先帝。

それが我が子への盲愛ゆえか、意固地になっていたのか、自分の直系を次の帝に据えたいという権力欲だったのか、それはもうわからない。

だが帝の言葉を聞いていると、この人も、苦しんだのだ……先帝を死なせて自分が帝となったのも、個人的な権力欲からではないのだ、とわかる。

そして、先帝が死に追いやられたという事実があったからこそ、有貴皇子の恐怖は大きくなり、最終的に自分も毒をあおるところまで追い詰められた。

由貴也の事故死と、有貴皇子の自害のタイミングが合ったからこそ、由貴也は今、ここにこうして居る。

すべては必然だったのだ。

帝は続けた。

「だがこの国は、四つの気が揃うことを必要としている。今、水の皇子として私の右にいるのは、老齢で病がち、力も弱い皇子で、あくまでも仮に過ぎぬ。そなたが正式に水の皇子として私の右にいてくれることを願うが……受けてくれるか」

それが、自分がこの世界でなすべきことだ、と由貴也にはわかった。

水の皇子の力の使い方についてはまだ模索したり訓練しなくてはいけないような気もするが、とにかくその力で、自分はこの世界で役立てる。

「はい」

由貴也は頷いた。

「これまでお役に立てませんでしたこと、申し訳なく思います。これからは帝のお側で力を尽くしたく思います」

由貴也の言葉の中に、嘘《うそ》や、帝に対する恨みなどはないとわかったのだろう、帝はわずかに唇の端を上げて微笑んだ。

「ありがたく思う」

帝は頷き、そして次に神乃皇子に言った。

「ではお前は、正式に太子になってくれるか」

由貴也の手を握る神乃皇子の手に、少し力が籠もった。

「それが私のなすべきことでしたら」

神乃皇子は頷く。

すると帝は、その、握り合った二人の手を見て、またわずかに笑みを深くした。

「そしてそなたたちは、互いの魂の色が見えるのだな。有貴皇子が赤子のころ、そなたはそう言っていたが、次第に何も言わなくなった。子どもの勘違いかとも思っていたが、やはりそうだったのだな」

神乃皇子は由貴也を見て微笑んだ。

「また、見えるようになりました。有貴皇子は自分を取り戻したのです」

「では」

帝は重々しく言った。

「そのことは、折を見てまずは皇族たちに告げるがよい。お前が太子となり、次の帝となっても、子はできぬ。そのあとをどうするのか、皇族たちに準備をさせておかなければならないだろうから」

そういうふうにものごとは進むのだ、と由貴也は思った。

次の帝は、同性の皇子とそういう関係なのだから、その次がどうなるのかはどこかの時点で合議されることになるのだろう。

それは由貴也にとって、この先ずっと、神乃皇子の傍らに居場所が在る、ということだ。

「それから、あの不届き者たちはどうする。そなたが害を受けたのだ、そなたが罰を決める権利がある」

帝が言ったのは、叔父叔母のことだ。

「……普通なら、どういう罰が？」

由貴也は躊躇いながら神乃皇子に尋ねた。

「皇族を誣告《ぶこく》したのだから、死罪だな」

神乃皇子はあっさりと言った。

「呪われしものであれば、同じく。だが……お前が望まないのならば、呪われしものについては判断を保留しようと思う。呪われしものというのが悪霊憑きとは少し違うのなら、この先のことも考え直す必要がありそうだしな」

神乃皇子はわかってくれているのだ。

由貴也が、この期に及んでも、叔父叔母を「殺す」ことには躊躇いがあると。

同時に、「呪われしもの」が、異世界との魂の入れ替わりであるなら、問答無用で死罪というのも考え直したほうがいい、と思ってくれている。

そして由貴也の中には、叔父叔母への哀れみはあっても憎しみはない。

もともと由貴也が感じるべき憎しみも、有貴皇子がすべて引き受けてくれ……そしてアマガエルの幸福とともに消え失せたような気がする。

「でしたら……命は、助けてください」

由貴也は言った。

「あの人たちもいつかは、心を入れ替えてくれると信じたい」

「お前ならそう言うと思った」

神乃皇子は微笑み、帝に向き直った。

「では、あのものたちは、私の預かりということで、私の宮の奴婢《ぬひ》にいたします」

奴婢……それは、皇子の「所有物」であって、普通の家人のように給料を貰ったり勤め先を変えたりすることはできない存在のことだ。

由貴也の顔が見えるところにいれば、また何を考えるかわからない叔父叔母だが、神乃皇子が見ていてくれるのなら安心だろう。

奴婢の身分から解放してやれるかどうかは、この先の叔父叔母次第だ。

「いいだろう」

帝は頷いた。

「では、のちほどすべてを正式に布告する。ご苦労だった」

その言葉を合図に由貴也と神乃皇子は立ち上がり、帝の側を辞した。

内裏の外に出るともう夜が更けており、星々が空に瞬いている。

「……すべて終わり、そして始まったな」

神乃皇子がそう言って、由貴也の肩を抱き寄せると、由貴也の顔を覗き込んだ。

「今宵《こよい》はお前と眠りたい。そして夢の中で、お前がどういう姿を取るのか見たい。それは、ともに眠るものだけが知る特権だからな」

そういう意味なのだ、と由貴也は最後の疑問が解けた気がした。

眠りの中で魂がどういう姿を取るのか、うかつに口にしてはいけないのは……それが最もプライベートなことで、特別な相手だけが知る事実だからだ。

「アマガエル、ではないのでしょうか」

由貴也が言うと、神乃皇子は首を傾《かし》げた。

「あの姿は、お前があちらの有貴皇子に譲ったことになるのだという気がする。だからお前はお前で、また新しい姿になるのではないかと」

そうか、アマガエルはあの庭で暮らす「有貴皇子」のものになったのだ。

では自分はどういう姿になるのだろう。

「あなたは……何が、いいですか？」

有貴皇子が神乃皇子を見上げて尋ねると、神乃皇子は微笑んだ。

「なんでもいいが……たぶん、お前らしい姿だろう。繊細で美しく、そして瞳に強さを秘めた生き物だ」

それが、神乃皇子が自分に持ってくれているイメージ。

「お前は、何になりたい？」

神乃皇子の問いに……

「狼に、抱き締めてもらえる生き物でありたいです」

魚のように完全に水の中にいるのではなく、アマガエルのように地上にもいられて、狼に寄り添えるような生き物。

由貴也がそう答えると、神乃皇子は笑みを深くし、そして顔を近寄せ……

唇が、重なった。

空と水のあわい

「有貴皇子《ゆきのみこ》」

神乃皇子《かみののみこ》の宮に着くと、門の前にいた宮の主が笑顔で出迎えた。

穏やかで包み込むような、それでいて内側から光り輝くような笑み。

最初のころは冷たい皮肉な表情しか見せてくれなかったこの人の、これが本質なのだということを、由貴也《ゆきや》は日々実感している。

「来ました」

由貴也がそう言って馬を下りようとすると神乃皇子が両手を広げ、その腕の中に躊躇《ためら》うことなくすとんと飛び降りると、力強い腕が抱き留めてくれる。

厩番《うまやばん》が由貴也の馬の手綱を引き取り、裏に引いていった。

「さあ、入れ」

神乃皇子がそう言って、宮の中に由貴也を招き入れる。

由貴也は建物の中に入ろうとして、ふと周囲を見回した。

二人ほど家人の姿が見えるが、それだけだ。

「あの……彼ら、は」

由貴也が尋ねると、「彼ら」が何を意味しているのかをすぐに悟り、神乃皇子はちょっと肩をすくめた。

「表には出していない。裏で、男は薪割《まきわり》りなど、女は厨《くりや》の下働きだ。まあなんとかそれなりにやっているようだが、まだお前の前には出せない」

神乃皇子の宮に引き取られた叔父叔母《おじおば》は、なんとかこの世界に、そして神乃皇子の宮での下働きに適応しつつあるようだが、由貴也に対する恨み辛《つら》みが消えてはいない、というところなのだろう。

だが神乃皇子が叔父叔母を虐待しているわけではないとわかるので、由貴也も敢《あ》えて彼らに会おうとは思わない。

神乃皇子の宮は有貴皇子の宮よりは大きく、使われている人も多そうだが、今上帝の一の皇子、しかも正式に立太子が決まった人物の宮としては質素という感じもする。

ここを、由貴也は今日はじめて訪れたのだ。

「こちらだ」

神乃皇子が先に立って案内してくれる。

この世界の宮はだいたい同じ造りらしく、門を入り、石段を上がって建物の中に入ると広いホールのような場所があり、そこから左右に廊下が分かれてぐるりと建物を一周するようになっている。

その中心に、人が訪ねてきたときに対応する部屋や、皇子としての公の仕事に使う場所など、いわば「公」のスペースがあり、その建物の裏側に、渡り廊下で繋《つな》がった皇子の私的なスペースがある、という感じだ。

家人などが起居する部分は、敷地の中に別棟として建てられている。

神乃皇子の私室は、由貴也の理解で言うならば、居間と寝室と書斎、という感じだ。

書斎には政に関する本や書類が積み上げられ、壁には地図なども貼られていて、国の様子に常に気を配っている様子が窺《うかが》える。

居間は広い窓に面していて明るいが、それほど広くはなく、黒一色で模様などは何もない漆塗りの椅子とテーブルだけがある、簡素なしつらえだった。

いかにも神乃皇子らしい、という感じがする。

窓の外は坪庭で、小さな築山があり、そして地面に土が見えているのが特徴的だ。

地の皇子だから、土が見えると落ち着くのだろうか。

由貴也が水のある風景を好むのと一緒だ。

「……どうだ」

背後から神乃皇子が、そっと由貴也を抱き締めた。

「これが、お前が見てみたいと言った、俺の宮だ」

「はい」

由貴也はそれだけ言って、また庭に目をやった。

見てどうしようと思ったわけではない。ただ、神乃皇子という人を知れば知るほど、もっとよく、もっと深く知りたくなって、そしてこの人が生活している空間を見たくなった……

それだけのことだ。

だが、来てよかった、と思う。

「あなたらしい、宮です」

「そうか」

由貴也の答えに、神乃皇子は低く笑った。

「確かに、お前の宮もお前らしい。お前が変化するのと同じように、お前の宮も変わり始めているな」

神乃皇子が言うとおり、由貴也の宮には少し人が増え、からっぽだった厩に馬もいるようになり、以前に比べれば活気が出てきたとも言える。

「だがとにかく、場所が……な」

神乃皇子の言いたいことはわかる。

引きこもっていた有貴皇子は都のはずれに居を構えていたから、この神乃皇子の宮からも、帝のおわす内裏からも距離がある。

帝の側で、神乃皇子とともに公に皇子として役立つことを決意した由貴也にとっても、いわゆる「通勤時間」が気になるところだ。

供を連れ、馬をゆっくり歩かせると三十分はかかる。

とはいえ、都にはすでにさまざまな役所や、皇族、貴族の住まいがきちんと配置されており、便利な場所に今さら有貴皇子の宮を造る隙間はない。

「大丈夫です、通えますから」

由貴也がそう言うと、背後から由貴也を抱き締めていた神乃皇子の片手が上がり、由貴也の顎を摘《つ》まむようにして振り向かせた。

神乃皇子の目が、由貴也の目を覗《のぞ》き込む。

その目がわずかに細くなる。

「俺にとっても遠い、と言っているのだ」

「……あ」

由貴也は赤くなった。

確かに、二人でいる時間を作ろうと思うと、今は神乃皇子が有貴皇子の宮に通ってくるしかない。

神乃皇子はそれを苦にしているわけではなく、往復の一時間すら惜しい、近くにいればそれだけ長く一緒にいられるのに、と考えているのはわかるが、由貴也としてはなんだか申し訳ない気持ちでもある。

「お前をこの宮に迎えてしまえば一番いいのだが」

神乃皇子が苦笑した。

「こうなると、彼らが早くこの世界に順応して、よそに仕えさせることができるようになるのを待つばかりだな」

彼ら……叔父叔母のことだ。

叔父叔母がここにいる間は、さすがに由貴也もここに住むことはできず、今日のように彼らの目に触れないように訪れるしかない。

「すみません……」

思わず由貴也が言うと、神乃皇子は首を振った。

「お前のせいではない、お前が責任を感じる必要など全くない」

それはそうなのだが、あれがもともと「叔父叔母」だと思うと、なんとなく自分に責任があるような気がしてしまうのも確かだ。

「まあいい」

神乃皇子は言った。

「しばらくは、多少の不自由がある逢瀬《おうせ》を楽しむとしよう。それより」

由貴也の身体が、神乃皇子の腕の中でくるりと回され、神乃皇子と向かい合う。

「夢は、まだ見ないか」

「ええ」

由貴也は頷《うなず》いた。

この世界に来てから、一度だけ神乃皇子の夢を見たきりで、その後また夢を見なくなっている。

由貴也としては……そして神乃皇子も、由貴也が夢の中でどういう生き物になるのか知りたいのだが、まだわからない。

やはり、あのアマガエルのかたちを有貴皇子に譲り渡してしまって、由貴也は生き物の姿を持つことはないのだろうか、という気もしてきてしまう。

それで何か不便があるわけではないが、なんとなく、この世界に生きる人間として、そして何より水の皇子として、どこか不完全のような気もしてしまうのだ。

「……それはそれとして」

神乃皇子は少し口調を変えた。

「二人で少し遠出をしないか？」

「遠出？」

由貴也は思わず首を傾《かし》げた。

どれくらいを遠出と言うのだろう。旧都へは馬で半日の距離だったが、あれくらいだろうか。

「どこへ？」

由貴也が尋ねると、

「俺のとっておきの場所だ。お前に見せたい」

神乃皇子は言った。

「うわあ……！」

由貴也は思わず声をあげた。

眼下には、広大な水面《みなも》がきらきらと光っている。

かろうじて向こう側の岸が見える。これは大きな湖なのだ。

早朝に都を出て、途中休憩を取って昼過ぎ、ひとつの峠を越えた途端に、この湖が眼下に横たわっていたのだ。

「美しいだろう」

馬を並べた神乃皇子が静かに言った。

「俺の気に入りの景色だ。そしてあれが」

湖岸に張り出した小高い場所にあるこぢんまりした建物を指す。

「俺が生まれた場所だ」

「生まれた……？」

由貴也が驚いて神乃皇子を見ると、神乃皇子は少し照れくさそうに笑った。

「母は水の質だったのでな、ここを好んだ。俺も子どものころ、よく母と一緒にここに来ていた。今は住むものがいないので、留守居がいるだけだが」

神乃皇子の母というのは、今上帝の妻の一人……ということになるのだろうか。

由貴也はそういえばまだ、今上帝の妻について何も知らない。

「母上は……その……?」

「亡くなった。夫が帝になるのを見ずにな」

神乃皇子はあっさりと言った。

「皇后不在が二代続くことになるが、まあそれも仕方ないだろう」

二代、というのは……神乃皇子が立太子し、いずれ帝として即位しても皇后はおかないということで、それはつまり、由貴也が……有貴皇子が傍らにいることになるからだ。

まだ二人の皇子が、互いの魂が見える関係であるということは一部の皇族と高官にしか知られていないが、いずれはオープンになるのだろう。

なんとなく照れくさい感じがする。

「さあ、行こう」

神乃皇子がそう言って、峠を下る道に馬首を向ける。

「あそこには温泉もある。湖で一泳ぎして、夜は温泉につかるのは気持ちがいいぞ」

その言葉に由貴也の胸がにわかに浮き立つのは、水の性質を刺激されたからだろう。

二人は軽やかに、坂道を下っていった。

湖岸に着くと、神乃皇子は馬を下りるなり、着ているものをすべて脱ぎ捨てて湖に飛び込んだ。

由貴也は一瞬迷ったが、この世界では水着など着ないのだろうと悟り、思い切って自分も衣服を脱ぎ、湖に入る。

日に照らされている湖の水は、馬を走らせてきて火照った身体《からだ》を心地よくひんやりと包んだ。

「こっちだ、このあたりまでは浅い」

神乃皇子が少し沖に出て手を振り、由貴也はそちらに泳ぎ寄った。

決して水泳が得意というわけではないが、もともと水辺は好きで、ほどほどに楽しむ程度なら泳げる。

日の高い時間に、水の中とはいえ素裸で神乃皇子と一緒にいる気恥ずかしさも、少し泳ぐと消えていった。

神乃皇子は泳ぎも上手く、由貴也と手を繋《つな》いで導いてくれる。

水は澄んでいて、少し深いところまで出て潜ると、水草や小さな魚、湖底の生き物などが見えた。

自分が「水の皇子」と知ってから水に入るのははじめてだが、確かに気持ちよく、安心でき、そして水の中の生き物たちをいとおしいと感じる。

だが由貴也はむしろ、湖面にのんびりと浮かんで空を眺めるのが気に入った。

日の光を浴びてただ浮いていると、心が無になって、空と湖の境目も曖昧になって、その両方に溶け込んでいくような感じがする。

自分が水の中にいるのか、空に浮かんでいるのかもわからなくなる。

気持ちがいい。

そして心が解放される気がする。

由貴也は、こちらの世界に来てからずっと自分が緊張し続けていたことに、ようやく気付いた。

それは当然のことだ。

全く知らない世界に放り込まれて、ちぐはぐな記憶と折り合いをつけながら、適応しなくてはいけなかったのだから。

だが今やっと、心から寛《くつろ》いでいる、という気がする。

神乃皇子は、それを知って自分をここに連れてきてくれたのだろうか。

意外に細かいことに気づき、相手の負担にならないように気遣いのできる人なのだ、ということを由貴也はすでに知っている。

そういう神乃皇子の存在が、嬉《うれ》しい。

そしてそれを敢えて言葉にしなくても、神乃皇子はわかってくれていると思えるのも、嬉しい。

やがて……

「ああ、来たな」

傍らで同じように浮いていた神乃皇子が、何かに気付いたように岸に向かって手を振った。

馬と衣服を置いた場所に老人が立っている。

「離宮の留守居だ」

神乃皇子が言って、由貴也の片手を引くようにして湖岸に向かって泳ぎ出す。

「皇子さま、お待ちしておりました」

腰を折る老人に、神乃皇子は裸のまま大股で歩み寄った。

由貴也も同じく裸のまま、躊躇いながら、神乃皇子の陰に隠れるようにしてついていく。

「何日か世話になる。こちらは有貴皇子」

神乃皇子が由貴也を振り向くと、老人が笑い出した。

「皇子さま、いかになんでもそのままでは」

「ああ」

神乃皇子はようやく気付いたようで、地面に置いてあった衣服の中から適当なものを摑《つか》み上げて由貴也に羽織らせてくれる。

それは、由貴也にとっては少しばかり大きい、神乃皇子の襦袢《じゅばん》だった。

前をかき合わせ、由貴也は老人を見た。

「お世話になります」

「たいしたことはできませんが、地元のものが魚などを届けてくれております。すっかり忘れられた離宮にこうやってお迎えできて光栄でございますよ」

穏やかに老人は言って、神乃皇子を見た。

「皇子さまはそのまま？」

「そんなわけがあるか」

神乃皇子は笑い、自分の上着を拾い上げて素肌に羽織る。

「さあ、ゆき」

神乃皇子はそう言って由貴也の手を引いて歩き出し、老人は残った衣服を拾い、二頭の馬の手綱を引いて二人の後に続いた。


離宮はこぢんまりして風通しのいい建物だった。

普段は留守居の老人が一人で守っており、何かある場合は地元の民が掃除や料理などを手伝ってくれるらしい。

居間の食卓には、川魚や野菜の、素朴だがおいしそうな料理がたっぷりと並んでいた。

神乃皇子が「あとは適当にやるからいい、年寄りは朝が早いだろう」と老人を下がらせ、向かい合った。

食事をしながら、竹筒に入った酒も口にしてみる。

もともと芳元《よしもと》由貴也としても有貴皇子としてもアルコールに強い身体ではないのだが、度数の低い酒らしく、じんわりと身体の芯を温かく溶かしてくれる。

「……酒を飲むとそんな顔になるのだな」

神乃皇子が、テーブルに肘をついて顎を支えながら由貴也を見つめた。

「え……どんな……？」

酔った自分の顔など鏡で見たことがない、と思いながら由貴也が尋ねると、神乃皇子の頬が緩む。

「上気して、目が潤んで、色っぽい」

由貴也はすでに火照っている頬にさらに血が上ったような気がした。

「……あなたは変わらない……ずるい」

由貴也の何倍も飲んでいるように見えるのに全く変化がない神乃皇子に、思わずそんなことを言ってみる。

「そう思うか？」

神乃皇子はにやりと笑って立ち上がると、テーブルを回り込んで由貴也の横に立ち、手を差し出した。

「立ってみろ」

吸い寄せられるように手を神乃皇子の手に乗せると、いつもよりも熱い、と感じた。

そのまま立ち上がると、神乃皇子の腕が由貴也を抱き寄せ、そして抱き締める。

「わかるか？」

意味ありげに言いながら神乃皇子は腰を由貴也の腰に押し付けた。

「あ」

すでに熱くなっていたらしいそこが、ぐぐっと膨らみを増したのが伝わってきて、由貴也の頭の芯がかっと熱くなった。

「泳いでいるときから、今夜どうやってお前を抱こうかと、そればかり考えていた」

低い声に、何か物騒な響きが忍び込む。

涼しい顔で、裸など意識しないで泳ぎを楽しんでいるように見えたのに。

いや、自分だって……意識しないようにつとめていたということは、すでに意識していたのだ。

神乃皇子の逞《たくま》しい身体に抱き締められ、そしてその熱で穿《うが》たれることを。

ぐ、と自分の股間にも熱が集まるのがわかる。

そしてそれが明らかに、神乃皇子に伝わっているのも。

「ゆき」

神乃皇子が熱っぽく呼び、由貴也が顔を上げると、すぐに顔が近付いてきて唇が重ねられた。

「あ……あっ」

由貴也はのけぞって背中を浮かせ、絶頂の寸前でせき止められた切なさに悶《もだ》えた。

神乃皇子は片手で由貴也のものの根元を握り、胸に顔を伏せて執拗に乳首を舐《な》めねぶっている。

すぐにでも繋がるのかと思っていたのに、今夜の神乃皇子は、由貴也を眺め、撫《な》で、味わうように唇を舌を這《は》わせている。

「全身が桜色だ」

神乃皇子が顔を上げ、由貴也の身体に視線を這わせた。

「ここは、色の濃い……明日にも咲きそうな蕾《つぼみ》だな」

つん、と指先でたった今まで唇に含んでいた乳首をつついた。

「あっ……っ」

それだけで、電流のような快感が全身を走る。

「見てみろ」

それでも神乃皇子の言葉に唆されるように自分の胸に目をやると、確かに上気した肌に、赤みを帯びてぷっくりと膨らんだ乳首が、濡《ぬ》れて光っているのがわかった。

「あ、やっ……っ」

恥ずかしい。

嬉しい。

気持ちがいい。

「お前の身体は素直だ。かわいがればかわいがっただけ、わかりやすい反応を返してくれる」

神乃皇子の含み笑いさえ、身体の熱を増す。

いきたい。

潤む目で神乃皇子を見上げると、神乃皇子が唇の片端を上げた。

「そういう困ったお前の顔もいいが……あまり虐めすぎるのもかわいそうだな」

そう言って身体の位置をずらし、自分が手でせき止めていた由貴也のものをすっぽりと咥《くわ》えた。

「あ、あっ」

ぞくぞくと腰の奥に出口のない快感が渦巻いた瞬間、根元を押さえていた指の力が緩み、同時に唇が由貴也を強く扱き上げ——

声もなく、由貴也は達した。

おそろしいほどの快感。

がくがくと痙攣《けいれん》する身体を、神乃皇子の手が俯《うつぶ》せに返す。
腰を引かれて膝を立てさせられ、狭間にねっとりと濡れた熱いものを感じる。
自分が放ったもので、そこを濡らされている。
そう思うだけで、また頭の芯が沸騰する。
ほぐされ、蕩《と》かされる。
指でそこを広げられる。
いつもの手順のはずなのに、毎回毎回、どうにかなりそうなほどおかしくなる。
そして……欲しくなる。
「入れるぞ」
抑えた声に、濡れた響きが混じるのも、嬉しい。
押し当てられる硬い熱。
入ってくる、この瞬間は息が詰まる。
それでも必死に息を吐き、受け入れようともがく。
身体だけでなく、自分の魂までを押し広げ、そして満たすもの。
やがて逞しい律動が由貴也を支配し、わけがわからなくなる。
「今夜は……一度ではすみそうにないな」
苦笑を含んだ熱い囁《ささや》きを聞きながら、由貴也は次第に意識を手放していった。

飛んでいる。

自分は今、空を飛んでいる。

そして眼下に、自分を誘う、きらきらと光る湖がある。

由貴也はそこを目指してゆっくりと降下していった。

ざざざざ、と波を立てて水面に降り立つ。

水は優しく由貴也を受け止めた。

どこまでも広がる水面。

頭上には青い空。

境目がわからなくなりそうな、青い、青い世界。

なんと美しく、気持ちがいいのだろう。

ここが自分の望む場所。

由貴也はそう思いながら、次第に静まった湖面に映る自分の姿を見た。

真っ白な羽毛、そして長い首。

——白鳥だ。

この世界で、夢の中で、自分は白鳥の姿になっている。

水の性質のはずなのになぜ、と一瞬思ったが、「水鳥」だからだ、とすぐに思い当たる。

地、風、水、火の生き物のくくりは意外にざっくりしているもので、水辺の生き物もまた、水の性質という属性になる。

火の生き物というのも想像がつかなかったのだが、神乃皇子に尋ねたら「あれは少し特別なのだ、赤い狼《おおかみ》とか、赤い蝶《ちょう》とか、そういうものになる」と教えてくれた。

もっともそれも、神乃皇子が「癒やしの義務」のときに見たことがある姿のことで他人には口外するべきではなく、あくまでも閨《ねや》の語らいでの秘密だ。

その、神乃皇子は。

長い優雅な首をめぐらして岸のほうを見ると、岸辺に黒い影が見えた。

一頭の狼。

悠然と寝そべって、こちらを見つめている。

あの人だ。

由貴也はゆっくりと湖面を辷《すべ》るように、岸へと向かった。

岸に上がると同時に、狼も身を起こす。

金色の瞳。

由貴也は狼に歩み寄り、狼の首に自分の首を巻き付けるようにすり寄せ……狼の前足が、白鳥の身体を包んだ。

目を開けると、神乃皇子が由貴也を見つめていた。

その目が、いとおしげに細くなる。

「……美しい姿だったな。真珠色の白鳥だった」

その低い呟《つぶや》きに、由貴也は、彼も自分の姿を見たのだとわかった。

狼と白鳥の姿で、夢で会うことができる。

神乃皇子がここに連れてきてくれ、湖で寛ぎ、そして何も考えられないまま気絶するように眠りについたことで、由貴也の中で眠っていた白鳥が目覚めたのだという気がする。

このところ毎夜、眠りにつくとき「今夜は夢を見るだろうか」「夢の中で何かの姿になれるだろうか」とどこか構えていたような気がするが、昨夜はそれもなく眠りに落ちたのだ。

今ようやく、自分は本当にこの世界の人間になれたのだ、と由貴也は思い……夢の中で狼にしたように、神乃皇子の胸に身体をすり寄せ……暖かい腕がそっと抱き締めてくれるのを感じて幸福感でいっぱいになった。

あとがき

このたびは「金の狼は異世界に迷える皇子を抱く」をお手に取っていただき、ありがとうございます。

「消えた恋人と異世界の黒獅子伯爵」に続き、異世界ものになります。

異世界、楽しいですね！

今度はどんな設定にしよう、とわくわくしてしまいます。

奈良時代以前の日本というのはもともと大好きで、大昔、デビュー直後くらいに雑誌で飛鳥時代のお話を書いたことがあるのですが、当時はさすがにマイナーすぎました。

でもこのファンタジーブーム到来で、ファンタジーや異世界なら、どんな時代設定でもいけそう、と思い、今回のチャレンジになりました。

「消えた恋人～」は行ったり来たりでしたが、今回のは「行ったきり」になります。

そしてほんのちょっぴりですが、もふもふ成分もあります。

お楽しみいただけると嬉しいです。

もし次にまた「異世界」を書く機会がありましたら、今度は設定は単純に、ひたすらラブ中心の楽しいものもいいかな、などとも思うのですがいかがでしょう？

イラストは「消えた恋人～」に続き、花小蒔朔衣先生です！

本当に丁寧に読み込んでいろいろご提案くださり、ラフの段階から感動して嬉しくて、そして楽しかったです。

神乃皇子が素敵で素敵で……！

由貴也の、アマガエルに代わる「水」の姿についてもいろいろ想像していただき……いっそウーパールーパーにして描いていただけばよかった、などと思ったり（笑）。

本当にありがとうございました。

担当さまにも、今回も大変お世話になりました。

来年からは、二月が三十八日くらいになるよう願をかけておきたいと思います。

今後ともよろしくお願いいたします。

そして、この本をお手に取ってくださったすべての方に御礼申し上げます。

この本が出る頃にはもう桜が咲き始めているでしょうか。

この夏こそは、マスクなしで呼吸できるようになるといいですね。

それでは、また次の本でお目にかかれますように

夢乃咲実

✦初出　金の狼は異世界に迷える皇子を抱く……………書き下ろし
空と水のあわい……………………………………書き下ろし

夢乃咲実先生、花小蒔朔衣先生へのお便り、本作品に関するご意見、ご感想などは
〒151-0051 東京都渋谷区千駄ヶ谷 4-9-7
幻冬舎コミックス　ルチル文庫「金の狼は異世界に迷える皇子を抱く」係まで。

幻冬舎ルチル文庫

金の狼は異世界に迷える皇子を抱く

2023年3月20日　第1刷発行

✦著者	夢乃咲実　ゆめの さくみ
✦発行人	石原正康
✦発行元	株式会社 幻冬舎コミックス 〒151-0051 東京都渋谷区千駄ヶ谷 4-9-7 電話 03(5411)6431[編集]
✦発売元	株式会社 幻冬舎 〒151-0051 東京都渋谷区千駄ヶ谷 4-9-7 電話 03(5411)6222[営業] 振替 00120-8-767643
✦印刷・製本所	中央精版印刷株式会社

✦検印廃止

ISBN978-4-344-85210-5　C0193　Printed in Japan